CHRISTINE DE RIVOYRE

Le Voyage
à l'envers

roman

Grasset

LE VOYAGE A L'ENVERS

CHRISTINE DE RIVOYRE

LE VOYAGE
A L'ENVERS

BERNARD GRASSET

PARIS

IL A ÉTÉ TIRÉ DE CET OUVRAGE
SOIXANTE-QUATRE EXEMPLAIRES
SUR VERGÉ DE LANA, DONT CIN-
QUANTE EXEMPLAIRES DE VENTE
NUMÉROTÉS VERGÉ DE LANA 1 A 50
ET QUATORZE HORS COMMERCE NU-
MÉROTÉS H. C. I A H. C. XIV, CONS-
TITUANT L'ÉDITION ORIGINALE.

PQ2678
I9 V6

Pour Joan (Turtle) Phelan.

I

Moi? Un homme qui flotte. Pour deux raisons. L'une évidente : je suis sur un bateau, en mer Egée. L'autre. Et si j'écartais la deuxième raison? Le ciel de Grèce est si vertigineusement vide. Imitons-le, restons couché à la proue, concentrons-nous sur le sillon que découpe dans l'eau l'étrave de l'Astraldo, c'est un bon dérivatif et l'Astraldo est un joli bateau, mi-voilier, mi-caïque, comme c'était indiqué dans le prospectus de la compagnie Valdis Yachts, Akti Themistokleous, Le Pirée. J'aime que sa coque soit peinte en noir, façon pirate, et que ses deux voiles soient d'un rose foncé, plus exactement terre de Sienne. Notre capitaine s'appelle Petro, il ne ressemble pas à Ulysse, davantage à un héros de Pagnol, à César par exemple, tel que l'interprétait Raimu. Même bedaine, mêmes sourcils, même jovialité mélodramatique et ces mains qui pincent l'air, qui le

pressent comme elles le feraient d'un linge mouillé.
Rien de bien fabuleux non plus chez son second,
Iannis, dix-sept ans, il a constamment la bouche
entrouverte et les yeux mi-clos. Il doit avoir des
végétations, dit Clara qui a le diagnostic facile.
Clara. Elle est là, derrière moi, étendue sur le
pont. Son tapis de bain est caramel, sa peau bientôt de la même nuance, elle est nue. Une de ses
professions de foi : je ne supporte pas qu'il reste
une trace de blanc sur mon corps. Elle lit un gros
livre, le best-seller de l'été, ses lunettes sont tein-
tées de bleu, son chapeau de paille aussi, tout ça
très étudié, très seyant. A côté d'elle : Jean-Loup,
cheveux platine, moustache à la mode, cils allon-
gés au rimmel. Il n'a pour tout vêtement qu'une
grappe d'amulettes suspendue à la chaîne d'or
passée autour de son cou. Il travaille au magazine
de Clara, à la publicité. Elle l'a recueilli pour cette
croisière qu'elle a organisée au mois de décembre,
l'année dernière. J'étais veuve, soupire-t-il. Nous
devions être cinq passagers sur l'Astraldo. Nicole
et Arnaud nous ont lâchés au dernier moment,
elle a été mon caprice naguère, lui celui de Clara.
Quinze jours avant le départ ils ont changé d'avis :
ils sont partis pour le Brésil. Je ne les regrette
pas, Clara oui, ils ont une affaire de prêt-à-porter
tout à fait florissante, ce sont des chrétiens pro-
gressistes, férus d'Art Déco et de Bel Canto, ils

auraient animé les conversations à l'heure de l'apéritif sous la bâche blanche.

— Fou, ça va comme tu veux?

Premier rappel à l'ordre de la journée. Le mode vigilant. Attendons le mode suivant. Je ne bronche pas, j'imagine Clara, son cou dressé, sa bouche qui s'arrondit, Fffou. Elle s'arrange pour laisser croire qu'elle est responsable de ce surnom. Rien de moins exact. C'est ma sœur Diane qui m'a baptisé ainsi, elle avait trois ans, moi deux jours. Mon vrai prénom est Foulques, on m'a toujours dit que je le tenais d'un aïeul périgourdin qui le tenait lui-même d'un ancêtre impétueux, chevalier des Frères de Saint-Jean de Jérusalem. Est-ce absolument sûr? demandais-je à ma mère. Sûr et certain, me répondait-elle. Le jour de son mariage, elle avait prévu que son fils s'appellerait Foulques, c'était une femme imaginative, une Landaise, douce, grave, passionnée de petite histoire, elle avait des yeux de chevreuil où glissaient des songes. Le premier Foulques de la famille, prétendait maman, avait son nom gravé à Rhodes, à côté de ceux de Ferdinand de Heredia, de Hélion de Villeneuve et de Dieudonné de Gozon. Je suis allé à Rhodes avec Clara, il y a deux ou trois ans, pour Pâques. Dans le jardin, en face du palais des Frères de Saint-Jean, nous avons vu une glycine et un chat blanc à tête rayée qui courait après des

papillons. Nous avons attendu qu'une meute
d'Allemands à caméras libère la grande salle
où je devais trouver ma carte de visite en pierre.
Quand nous sommes entrés, nous avons constaté
que Ferdinand, Hélion et Dieudonné étaient bel
et bien passés par là. Pas Foulques. Enfin, pas le
vrai, pas mon ancêtre, pas moi. J'étais secrète-
ment ravi. Clara, non. Elle ressentait cette farce
comme une offense personnelle. Ne le dis à personne, a-t-elle murmuré. Pourquoi? ai-je répondu.
Et si ça me plaît à moi d'éliminer ce frère de Saint-
Jean de Jérusalem de mes origines? De lui substi-
tuer, à ce chevalier, à cet entreprenant, un homme
ben ordinaire, comme le chanterait Charlebois, un
paisible, le jardinier des Frères de Saint-Jean, par
exemple, ou leur cuisinier? C'est lui qui aurait
planté la glycine dont le parfum mauve m'a tourné
la tête. Entre la préparation d'un brouet et celle
d'un gibier rôti, il aurait joué avec l'ancêtre du
chat à tête rayée, j'aime les chats, tu le sais bien,
il aurait attrapé un papillon pour le relâcher aussitôt, il aurait cru à toutes les libertés, j'y crois
bien, moi. Clara m'a écouté comme si j'étais
malade et puis son sourire est monté à l'assaut de
sa déception, l'a réduite en cendres. Fou de Fou,
a-t-elle dit tendrement.

— Fou, tu nous manques, tu sais.

Deuxième rappel à l'ordre. Le mode implorant,

rendons-nous. Je me retourne, Clara a posé son best-seller sur la serviette caramel, elle étale une nouvelle couche de lait solaire sur son corps, elle en est aux seins dont elle est fière à juste titre, ils sont beaux, petits, fermes, bien attachés, l'aréole de la taille d'un grain de raisin, un Malaga, elle les enduit avec soin, on dirait qu'elle les caresse, ça devrait me troubler, oui, eh bien non et je me sens vaguement coupable.

Je ne fais pas partie des types qui se trouvent épatants mais à quoi bon jouer les héros de romans russes? Je ne suis pas plus mesquin que bon nombre d'animaux sur cette terre, je ne suis pas envieux, j'ai la tendresse sincère. Quant à ma courtoisie, elle est plutôt au-dessus de la moyenne, en cette époque où le vocabulaire sordide est de mise, la bonne grâce réservée aux chiens, où les égards sont défunts et les compliments déféqués (non, l'expression qui fait fureur, si j'ose dire, ne franchira pas mes lèvres). Je continue de préférer *l'Education sentimentale* aux livres qui célèbrent la masturbation et la coprophagie et je pratique résolument l'amour-duo. Très peu pour moi les ballets sexuels, l'orgasme en famille, le plaisir multiplié par trois, six, neuf, comme les baux.

Suis-je un imbécile? C'est trop simple. Nos bons
petits jeunes, racistes à tous crins, ont deux mots
fourre-tout pour les hommes de ma sorte : débile
et taré. Je suis peut-être débile. A moins que je ne
sois taré, cela ne m'offense pas, au contraire.
Alors, suis-je heureux? J'ai su l'être, oh oui, j'ai
su. Maintenant je suis moins difficile. Lorsque
j'obtiens à peu près ce que je désire, je dis que
je suis content. J'ai quarante-cinq ans et je ne le
cache pas. Ridicule, dit Clara, quand on a des
cheveux comme les tiens, on ne parle pas de son
âge. Elle dit aussi que j'ai un physique de latin
lover, elle aime les expressions clinquantes, elle
ne dit pas que j'ai une bonne santé, elle vante
la stabilité de mon métabolisme. Tu ne grossis
ni ne maigris, ton appétit est régulier, tu ne fumes
pas trop, tu n'as pas une fausse dent, pas une
vraie ride. Tu parais trente-cinq ans, avoue trente-
sept si ça t'amuse. Cette rage qu'elle a de me
rajeunir alors qu'elle compte une bonne demi-lune
de plus que moi.

— Mais moi aussi, idiot, je suis un cas.

Là, je m'incline. Silhouette de ballerine massée
de la nuque aux pieds trois fois par semaine; sou-
tien-gorge jeté aux orties depuis que ça se fait;
peau ointe aux pommades les plus rares (le premier mari de Clara la surnommait Satin); chevelure
aux reflets de bois bien ciré, au désordre impec-

cable, oui, c'est un cas la femme qui partage ma vie depuis. Depuis combien de temps, au fait? Je n'ai pas la mémoire des dates. Elle si. Elle récite : notre premier verre, notre premier dîner, notre. Nos. Clara c'est Madame Combien-de-fois, comme disait Colette. La précision, le détail si menu soit-il. Elle décrit mon arrivée dans son appartement là-haut, à mi-chemin d'un building en forme de grille de mots croisés. Elle y occupe huit cases. Donc nous avons. Parfaitement. C'était au mois de mai, un 7. Clara est superstitieuse, les bons événements dans sa vie ont toujours lieu un 7. Nous avons. Derrière les fenêtres qu'on ne peut pas ouvrir, il y avait Paris, des rues, des toits, les Invalides. Plus la rumeur que je m'applique à fuir dans ma garçonnière sur cour de la rue Mazarine. *Avant,* Clara m'a fait visiter son décor : la baignoire en marbre dans la salle de bains en liège, la cuisine laboratoire, le dressing-room, son armée de placards, Barbe-Bleue en serait jaloux. Et le salon à plusieurs niveaux, la moquette qui monte sur les murs, les tables en forme de châsses transparentes. Et le lit, ce fleuve de soie noire, les murs tendus de toile écrue, un grand tableau remplaçant le crucifix de nos grand-mères. Clara s'est renversée sur son lit noir : mine de rien, elle a pressé sur un bouton. Des murs écrus, miel sonore, a coulé une chanson de Simon et Garfunkel. *April*

come she will, May she will stay. De sa voix un
peu rauque de fumeuse, Clara accompagnait la
mélodie. Et puis elle s'est tue. Son visage, son
corps, le don dans l'abandon. J'ai rôti, grandi,
sombré, ça n'était pas du tout désagréable, bravo,
Clara-Satin, tu as la manière. Je suis revenu à la
vie avant elle. Appuyé sur un coude, j'ai pu me
livrer à l'étude du tableau chargé de veiller sur
ses rêves et ses ébats. Seigneur. Sous le cône lumi-
neux d'un spot, qu'ai-je vu? Deux pieds. Je dis
bien : deux pieds. Et coupés au ras de la cheville,
morts, nus, raides, gris, abandonnés, les ongles
des orteils d'une couleur laiteuse. Un instant, j'ai
pensé me rhabiller en vitesse, que faisais-je chez
cette fétichiste, cette femme trop suave qui dormait sous des pieds? Adieu, mots croisés de béton,
haute prison murmurante et ces pieds qui me
regardent, me surveillent, les ongles des orteils
sont autant d'yeux blancs, malades, insupportables,
je veux retrouver mon vieux lit de vieux garçon,
le rempart de mes livres de chevet. A quelques
exceptions près, je n'aime que les écrivains du
dix-neuvième siècle et ses illustrateurs : Robida,
Tony Johannot, Bresdin, Granville. Cette femme
ne doit même pas savoir qu'ils ont existé, elle ne
s'intéresse qu'au peintre des pieds, il n'y a presque
pas de livres dans son salon, en revanche des piles
de magazines, il m'embête copieusement le Paris

de carte postale qui s'étend derrière ses vitres
scellées, je veux retrouver l'érable dans ma cour;
l'été, ses branches s'allongent jusqu'à l'appui de
ma fenêtre, je les sens frissonner. Je me suis assis,
j'étais résolu à m'enfuir. Ça ne t'a pas fait plaisir?
a dit Clara-Satin. Elle était un peu décoiffée, faussement modeste, elle souriait. Ah, parlons de ce
sourire. La façon qu'elle a de plisser les paupières,
vite, une seconde, pour que, la seconde suivante,
le feu des yeux bruns et grands ouverts vous
assaille, vous dévore. Je suis retombé sur ses coussins noirs, nous avons repris le bon combat puis,
tandis qu'à mon tour je m'attardais sur le champ
de bataille, elle s'est levée, quel joli dos, elle a
ramassé un cendrier et le verre de whisky que je
n'avais bu qu'à moitié. Elle fait partie des femmes
qui fument *après* et moi, guerrier repu, je *devais*
avoir soif. Elle m'aimait déjà, et moi? Oh moi, on
m'a pressé, poussé. Ses amis, les miens. Est-ce que
je mesurais ma veine? Une femme si complète,
la tête aussi fertile que les sens? N'est-elle pas
rédactrice en chef d'un magazine qu'elle appelle
son enfant tant elle lui voue d'énergie et d'imagination? Pouvais-je renoncer à toi, Clara-Janus qui,
le jour, tranches, brises, règnes et qui, la nuit,
deviens la savante esclave de mes voluptés? Je le
pouvais, tu le sais — même si parfois tu feins de
l'oublier. J'ai gardé, vif comme au temps de ma

jeunesse, le goût de l'indépendance. Je n'étais
pas, comme tes deux maris et la plupart de tes
amants, en quête d'une situation quand je t'ai
rencontrée. De ce côté-là, je n'ai rien voulu changer, je gagne suffisamment d'argent là où je suis,
dans les assurances, je vends de la protection. Est-
ce tellement moins honorable que de vendre des
mots? Je dessine et je peins à mes moments perdus, j'ai fait le portrait de Clara plusieurs fois.
Non à la manière de mon cher Tony Johannot ou
de Robida, je n'en suis pas capable. Je faisais
d'elle un Helleu ou un Klimt, je lui allongeais le
cou, lui offrais des cheveux de fée, des robes à
losanges, des trônes en mosaïque. Ses yeux ressor-
taient de la toile, deux coquillages iridescents.
Clara criait au miracle. Tu as un talent extraor-
dinaire. Elle prononce extrooordinaire, je la cor-
rige parfois. Extr*a*ordinaire, Clara. Elle n'entend jamais, elle n'entend pas, quand je cor-
rige ses fautes de langage, elle me houspille
pour que je laisse tomber mes assurances
sans éclat au profit d'un poste de directeur artis-
tique, elle se charge, si je ne veux pas du sien, de
trouver un journal qui m'engagera illico. Mais
moi, je dis toujours non. Non et non. Passer
mes journées devant les photographies de filles
maigres comme des chameaux qui écartent les
jambes et font semblant de siffler pour paraître

décontractées, comme elles disent, interdit par mon médecin. Devenir stratège sur papier glacé de draps fleuris, de carrelages multicolores, de rideaux, de tapis, de tricots, de vaisselles, de cosmétiques, de ratatouilles, de perruques, de poignées de porte et de slips, illustrer des articles sur l'harmonie sexuelle, l'avortement à domicile, les plantes d'appartement et la façon d'élever son hamster ou son mainate, ce n'est pas de mon ressort, j'ai un préjugé contre tout ce qui abonde, grouille, tape à l'œil, la nausée me vient aussi bien par la rétine que par l'estomac. Clara trouve ces arguments des chefs-d'œuvre de mauvaise foi, elle dit que je suis routinier, voire flemmard. Elle ne comprend pas non plus que je préfère à ses brillantes relations (des P.-D.G., quelques acteurs, des journalistes, un psychanalyste, un ministre) les cavaliers anonymes que je retrouve deux ou trois fois par semaine en forêt de Barbizon, elle est jalouse de ma jument, Marinette III, une baie pleine de sang. Quand je parle cheval avec les mots qui conviennent, elle m'accuse d'être réac ou kitsch. Le vocabulaire de ses salles de rédaction lui paraît, en revanche, d'une extrême séduction, elle n'a aucun scrupule à *visionner, réceptionner, accessoiriser, ovationner, solutionner,* parfois même elle *conclusionne* et *concertationne,* il lui arrive d'*émancipationner,* la chère créature. De temps en temps, elle

ajoute un gros mot, parfois même un énorme, de
ceux qui truffent les livres à la mode, dont les
auteurs, à l'entendre, font partie de la catégorie
admirable des *libérés* et elle me toise, pareille à
la cantatrice qui vient de réussir son contre-ut,
à l'athlète qui vient de battre son record. Et moi
je la regarde avec l'air doux, fermé d'un sourd.
Ça l'agace, oh ça l'agace et quelquefois ça l'inquiète. Un de mes prestiges à ses yeux : je l'inquiète
sans le vouloir.

Hier, en fin de matinée, nous avons jeté l'ancre
dans une crique déserte, non loin d'Epidaure. Une
haute pile de rochers presque rouges, des plantes
dont l'odeur roborative parvenait au bateau. Du
thym bien sûr mais quoi encore? J'avais hâte de
savoir (depuis mon adolescence je suis amoureux
de la nature, je voulais être botaniste, je tiens à mon
vieil herbier autant qu'à mes livres). Clara, elle,
était d'humeur mondaine, elle regrettait de ne pouvoir partager son plaisir, cet Eden, avec d'autres
personnes de qualité. Droite, nue, nostalgique et
armée de jumelles, elle a scruté la côte comme
si le ministre dont elle vante le charisme (c'est
l'une des plus récentes perles de son répertoire,
le charisme) ou le psychanalyste attaché à son jour-

nal allaient surgir entre deux rochers. En leur honneur autant qu'au mien, elle a revêtu une chemise indienne transparente puis, assistée de Jean-Loup (dont le slip n'était guère plus vaste qu'un nœud papillon), de Iannis qui se déplaçait comme un somnambule, elle a disposé sur le pont un petit festin folklorique : olives noires, feuilles de vigne farcies, tomates, poivrons et ce fromage blanc de craie dont elle raffole, la feta. Je me suis cru transporté dans les pages couleur de son magazine ou dans sa cuisine, le dimanche soir, pour un de ces soupers qu'elle qualifie d'impromptus bien qu'elle ait passé des heures à les confectionner. Faute de ministre, elle a invité les marins à se joindre à nous, ils ne se sont pas fait prier, Clara a taquiné Petro, lui a demandé le secret d'une bonne feta. Il a répondu à sa façon avec ses douze mots d'anglais, ses huit d'allemand, ses sourcils, ses mains. Hilare, Jean-Loup a versé le vin résiné dans les verres, ils ont trinqué, bu, ri aux éclats, l'Astraldo était une volière. J'en ai profité lâchement, j'ai avalé trois olives, bu une gorgée de retzina, bredouillé que je voulais cueillir sans tarder les herbes qui sentaient si bon, là-haut, en face, et je me suis jeté à la mer, quel soulagement. Afin de m'isoler davantage, j'ai mis un masque sousmarin et j'ai plongé, replongé. J'ai vu des coquillages entrebâillés, des étoiles de mer, des bancs

de poissons, je me sentais en sécurité : plus une
seule impatience, pas une bouffée de tristesse, pas
même une pensée. Quand j'ai accosté sur la petite
plage qui bordait la crique, je me suis couché sur
le sable pour prolonger la trêve, passer de la rêve-
rie sans objet au sommeil mais on m'a dérangé,
le rire de Clara, si musical, celui de Jean-Loup
tout en trilles. Alors j'ai entrepris l'ascension
des rochers, il y avait, comme prévu, des touffes
de thym mais aussi du romarin, des térébinthes,
de la camomille. J'ai composé un bouquet avec
tout cela, j'y ai joint de l'avoine stérile, on
l'appelle aussi folle avoine. Tiens, me suis-je dit,
Fou est synonyme de stérile, je méditerai là-dessus
plus tard, sous un ciel moins indulgent. Je me suis
assis pour regarder le paysage, la brume sur une
île comme une grappe de lilas et, dans l'eau bleu
waterman, le bateau noir aux voiles rousses. Les
silhouettes des marins sur le pont, les corps de
mes compagnons dans la mer, tous étaient flous,
irréels. J'aurais voulu que le temps s'arrêtât pour.
Oh non, pas déjà. A ce moment-là j'étais encore
léger, libre, en vacances. Je suis descendu sans
me presser, j'ai retrouvé la petite plage, la mer,
nagé jusqu'au bateau, mes plantes entre les dents,
je ne voulais pas avoir à me justifier, être accusé
de fuite. On m'attendait, Petro à la barre, Iannis
prêt à remonter l'échelle et Clara. Son regard est

passé sur moi, m'a balayé, humble et soupçonneux
à la fois, je lui ai offert le bouquet sauvage. Elle
s'est rendue, elle n'a pas fait de remarque dans le
style : alors, Monsieur Poudre-d'escampette, pas
trop fâché de nous revoir? Elle a souri. Quelle
merveille, merci Fou.

— En route, a-t-elle dit aux marins.

Oui, j'étais encore libre à ce moment-là et après,
quand nous avons débarqué à Epidaure. Pourquoi
ai-je regardé avec une si intense attention le petit
port banal, ses deux tavernes, les touristes attablés
devant des bières au bord de l'eau et le chauffeur
de taxi qui nous a conduits jusqu'au théâtre? Il
était affable, costaud, des bras velus, une casquette
de pompiste, jaune, la visière rouge. Pourquoi
lui ai-je demandé son nom? La route était cabossée,
poussiéreuse. Il s'appelait Constantin. A droite, à
gauche, des oliviers, des lauriers-roses, des amandiers sauvages, un petit âne ployant sous le poids
d'une femme en noir, rien que de très convention-
nelles images. Pourquoi ai-je serré Clara contre
moi comme pour lui faire comprendre ce que je ne
comprenais pas, tout près de nous, à quelques
minutes, le destin? Les hommes n'ont pas de pressentiments, dit Clara, avec une moue. Elle avait

mis une longue robe rayée noir et blanc, décolletée
dans le dos. Ses hanches avaient une jolie forme
de vase antique et, vraiment, son hâle caramel
était une réussite, je me suis fendu d'un compli-
ment : elle te va très bien, cette robe, tu sais. Nous
sommes descendus du taxi, elle m'a pris le bras,
nous avons gravi l'allée qui mène au théâtre, indulgents au babil de Jean-Loup, il vantait les bras
velus du chauffeur, Constantin.

— Ah, les hommes qui ressemblent à des ours,
quel pied.

— Un jour, tu te feras dévorer, a dit Clara,
mi-grondeuse, mi-rieuse.

Je n'avais jamais vu Epidaure mais comme la
plupart de ceux qu'envoûte la Grèce je l'avais
rêvé et ce rêve j'allais le vivre, j'étais ému. La
grande conque du théâtre allait m'apparaître dans
la géométrie si pure de ses anneaux et de ses
volutes. J'allais lui trouver des analogies botaniques, elle deviendrait fleur, fruit, lesquels? Sur
le bateau, Clara nous avait gratifiés d'un amphi
fort savant, elle était déjà venue à Epidaure une
année, en février, accompagnant des modèles pour
les faire poser dans le théâtre, dans le gymnase en
ruine et même dans le musée qui contient les plus
beaux restes du sanctuaire d'Esculape (elle disait
Asclépios). Elle avait évoqué l'architecte de l'ensemble, Polyclète le Jeune, avec tant de ferveur

que j'avais plaisanté : c'est lui qui commentera la visite? Cela m'avait valu un sourire de commisération et une description minutieuse de l'acoustique exceptionnelle du théâtre, de l'orchestra, aire de jeu, cercle parfait, et des gradins pouvant contenir jusqu'à quatorze mille spectateurs. Il était tard, le musée était fermé. Tant pis. Moi je ne pensais qu'au théâtre, je l'espérais sinon vide, tout au moins silencieux. Hélas, un spectacle était prévu pour le soir même. Le metteur en scène venait de Berlin, il avait encombré le cercle parfait d'une palissade comme on en voit dans les bidonvilles, lépreuse, ébréchée, sinistre. Une musique à la mode déchaînait son tonnerre de guitares et d'orgue électroniques sur la conque, la fleur, le rêve, ça m'a mis en rogne.

— Quel siècle d'abrutis.

Clara perd toute mesure quand je critique le siècle, on dirait qu'il lui appartient. Il y eut le siècle de Périclès, celui de Louis XIV, il y a celui de Clara Bernis, elle s'éprend si facilement des courants nouveaux, des vents qui soufflent, des idées qu'elle croit originales, voire révolutionnaires, elle veut toujours et en tout être dernier cri. Et que l'on ne m'accuse pas d'ignorer le pathétique de cette attitude : dans dernier cri il y a cri et celui que pousse Clara, sans forcer la voix ni cesser de sourire, contient le juste alliage de vaillance et

de désarroi. Mais qu'elle est donc irritante lorsque
je dénonce les saccages dont regorge notre quo-
tidien et qu'elle refuse de comprendre mon point
de vue. Jamais je n'oublierai le soir où je l'ai
emmenée aux Halles que l'on venait de livrer aux
bulldozers et aux excavatrices. Peu lui importait
qu'un des plus anciens quartiers de Paris eût été
fracassé, anéanti, elle se moquait de ce qu'on allait
y construire, elle n'y pensait même pas. Ce qui la
séduisait c'était ça, ce désert, ce cloaque, ce trou de
fin du monde. Espiègle, elle avait gambadé sur la
passerelle qui le dominait :

— Moi, il m'exalte, ce trou.

Même chose, même attitude lorsque j'ai voulu
signer la pétition pour la sauvegarde de l'îlot
Hautefeuille. Mon ami, Alexis de V., était venu me
l'apporter, il habite à deux pas de chez moi, rue Ser-
pente. Nous étions en train de maudire les promo-
teurs à mentalité de rats qui rongent les beaux
hôtels du dix-septième siècle, dévorent les portes
cochères, les ferronneries pour installer ici un
bistrot couscous, là une friperie, partout des ciné-
mas spécialisés en films cochons. Clara a débarqué, élégante, embaumant la tubéreuse, elle nous
a écoutés un instant, et puis elle a hoché la tête,
ses yeux étaient deux brûlots :

— Pauvres pauvres garçons, savez-vous ce que
vous êtes?

Nous ne le savions pas.

— Des passéistes, a soupiré Clara.

Alexis est resté bouche bée. Moi aussi — bien que l'envie me tenaillât de rompre avec tous mes principes de courtoisie pour expliquer que. Mais à quoi bon? Sacrée Clara. La musique térébrante sur le chef-d'œuvre de son cher Polyclète devait lui paraître le symbole du non-passéisme. (Tiens, je lui soumettrai ce mot imbécile. Lui plaira-t-il? Avec elle, on ne sait jamais.) Elle a crié :

— Je trouve ça subbblime. Il faut faire vivre les vieilles pierres. Tu entends, Fou? Tu m'entends?

Je ne l'entendais pas, j'en avais bien le droit, non? On eût dit qu'une chorale céleste venait de lui apparaître. Le visage baigné de jubilation, elle s'est assise au milieu du théâtre, Jean-Loup s'est blotti auprès d'elle. Je suis parti me réfugier sur le dernier gradin, des pins y versaient une ombre fraîche, odorante. Lointaines et cependant proches, les crêtes des montagnes environnantes formaient comme une mer de plus, calme, duvetée. J'ai tourné le dos au décor du Berlinois puis, les mains sur les oreilles, tenté de peupler le théâtre de Grecs en chlamydes, de Grecques aux lourds cheveux tressés, les plus riches arrivaient en chars, leurs chevaux ressemblaient à ceux qui se cabrent sur les frises du Parthénon, leurs musiciens jouaient

de la flûte, de la cithare mais cela ne couvrait
pas les voix, on clamait la passion, le crime, la
fatalité mais on n'en profitait pas pour écraser
les tympans des spectateurs sous une purée de
sons colossale. J'ai tourné la tête pour voir si
j'étais le seul à penser ainsi, à souffrir des méfaits
du Berlinois. Oui, apparemment. J'étais environné
de touristes classiques : à ma droite, des retraitées
suédoises; devant moi, un gentleman en tussor
flanqué de pages à médailles; un peu plus loin
une famille à la mode (Monsieur, pas rasé, porte
bébé crasseux sur ses épaules; Madame suit, dans
la défroque d'Esmeralda); enfin, sur ma gauche,
une jeune fille. Tous, à l'image de Clara et Jean-
Loup, acceptaient l'agression, pourquoi? La jeune
fille était ma plus proche voisine, je me suis levé,
j'ai marché vers elle, il me fallait parler, comprendre la raison d'une telle passivité.

— Bonsoir.

Elle n'a pas répondu, ses yeux se perdaient
dans la lumière bleutée de l'après-midi finissant.
J'ai dit bonsoir une seconde fois. La jeune fille
m'a souri mais elle a continué de rêver, elle avait
des cheveux blonds, son cou aux jolis muscles
tendus était celui d'une sportive, sa bouche sans
fard était d'un rose vif, j'ai oublié ce qui m'avait
conduit vers elle, je n'ai plus pensé qu'au sang
dans ses veines de fille bien portante, elle était mon

genre, j'en suis resté confondu. Mon genre : celui qui faisait dire à ma mère, grande lectrice de Montherlant, tiens, Fou est encore coiffé de Mademoiselle de Plémeur ou de l'héroïne du *Songe*. Et ma sœur, Diane, riait : ah, ce botaniste, ses fleurs préférées ont des muscles d'athlètes. Mon genre : depuis quelque temps, bien que je n'eusse guère de rapports avec lui, je me tourmentais à son sujet, il me semblait en voie, sinon de disparition, tout au moins d'affaiblissement. Le monde des femmes, je le voyais peu à peu se réduire à deux catégories : d'un côté, Clara et ses amies, créatures poncées, lustrées, de satin et d'argent. De l'autre, les déguisées, les fausses vamps habillées aux puces, leurs socques de pieds-bots, leurs bottes non d'amazones, plutôt d'égoutiers, leurs sourcils disparus, leurs tignasses façon brouillard. Et voici que le crépuscule grec m'apportait ce cadeau : une fille-garçon avec un visage neuf, sans trace de maquillage, des cheveux droits, des pantalons de toile blanche et des chaussures de tennis. Gracile mais robuste, nonchalante mais pas vautrée, elle venait tout droit du Nouveau Monde, je le savais, je le voulais. Cependant, c'était ainsi, elle était chez elle à Epidaure, la mer de montagnes lui appartenait, le théâtre avait été construit pour elle par le Polyclète de Clara, elle était à la fois vestale et aurige, Antigone comme ses frères et moi. Moi, je. La musique du Berlinois? Tiens, on ne l'entendait plus et la palissade sinistre me dérangeait moins, était-elle encore là?

— Hello, stranger.

Comme elle avait bien dit ça. Hello. Le h plus soufflé qu'aspiré, le stran de stranger ne traînant ni trop ni trop peu.

— Hello, little girl, are you all right?

— All right, thank you.

Je ne voulais pas m'en aller comme ça. Tant pis, j'allais me servir du prétexte des guitares en rut, on ne m'avait pas laissé le temps d'en trouver un autre.

— Quelle horrible musique. Ça ne vous rend pas malade?

Ses cheveux coupés au niveau des épaules étaient de ce cuivre pâle qui vient des pays du Nord et qu'on appelle, en Amérique, strawberry blonde, ils étaient blond fraise les cheveux de la jeune fille qui me dévisageait d'un air moqueur. Moqueur ou simplement curieux? Comment déceler ce qui se passait derrière ses yeux pâles, à peine déformés par un séduisant strabisme, celui des chats ou des oiseaux de nuit?

— Vous êtes français. Les Français ils ragent toujours.

Elle a prononcé *rèdgent* mais son accent était aussi joli que sa voix enfantine. J'ai aimé sa

façon de rouler les r sans que la gorge y fût pour
quelque chose.

— Vous parlez bien le français.

— Oh non, pas très bien, c'est dommage.

— D'où êtes-vous en Amérique?

— Moi? Je suis de partout.

— Ça veut dire quoi partout?

— Ça veut dire everywhere.

Elle a eu un rire léger. Elle avait un nez aussi
singulier que ses yeux, rond, comme sans os mais
ses narines étaient mobiles, elle riait avec ses
narines. Ses cils et ses sourcils étaient du même
cuivre blond que ses cheveux. Le hâle de ses joues
était délicat, ambre ou thé? Je n'allais pas me
contenter de ces évidences.

— Vous êtes bien née quelque part.

— Sûrement.

— Où? dites-moi, je connais l'Amérique.

— J'ai oublié ma naissance. J'étais très très
jeune quand c'est arrivé.

Rien à en tirer. Tant pis pour moi, je n'avais
qu'à deviner. Quand on connaît l'Amérique, on
doit reconnaître les accents. J'ai ri à mon tour,
vaincu :

— Vous ne savez pas combien je suis heureux
de vous avoir trouvée.

Elle a dit merci, d'un ton naturel. Je lui ai
demandé de dîner avec nous un peu tard dans une

des tavernes du port, près du bateau, on boirait du retzina, aimait-elle le retzina? Oui, elle l'aimait mais elle a refusé l'invitation, gentille mais ferme, no thank you.

— Je veux rester ici.

— Jusqu'à quand?

— Jusqu'à ce qu'on me chasse.

— Mais cette horrible musique?

— Je compterai les étoiles, j'aime beaucoup compter les étoiles.

— Fou, écoute.

Jean-Loup délégué par Clara. Il jouait avec ses amulettes, il a eu un regard de reproche pour moi, de curiosité pour la jeune fille.

— Tu ne crois pas que tu exagères? Il faut partir, le taxi nous attend.

Au diable le taxi, je venais de m'apercevoir que je ne connaissais même pas le prénom de mon Américaine, elle ne voulait pas me dire d'où elle venait mais elle allait quand même me donner son prénom. What's your name? Elle a dit Jill. Ça m'a plu. Je lui ai dit et moi c'est Fou. Elle a encore ri avec ses narines et répété plusieurs fois Fou, Fou, elle prononçait *Fuu,* ça sonnait chinois. Fuu, a dit Jill, est-ce que vous êtes vraiment fuu? J'ai répondu ça dépend des jours et je l'ai priée, je l'ai suppliée de venir quand même nous retrouver sur le port, quand elle voudrait, à n'importe quelle heure, je lui ai dit nous avons un bateau, nous compterons les étoiles ensemble, venez, c'est merveilleux les étoiles grecques quand on les regarde, couché sur un bateau, on a l'impression qu'en allongeant un peu le bras on peut les cueillir comme des fruits.

— C'est un grand bateau? a demandé Jill.

— Encore assez. Il est noir comme les bateaux des pirates. Vous l'aimerez, il a un pont très confortable avec des matelas partout, on sera bien, je vous jure.

— Sûrement, dit Jill. Mais ici aussi on est bien.

— Venez, vous me ferez plaisir. Jean-Loup, dis-lui de venir.

— Venez, a dit Jean-Loup, brave type. A moi aussi ça fera plaisir.

— Maybe, a dit Jill.

Dans ses yeux d'oiseau de nuit, je n'ai lu aucune résolution. Elle ne voulait pas faire de projet, c'était une voyageuse qui ne croyait qu'au moment qui s'écoule, le hasard s'occuperait du suivant. Jean-Loup a tendu la main pour me montrer le théâtre vide, les autres touristes avaient disparu, Clara s'était éclipsée, elle nous attendait dans le taxi, sûrement, Constantin avait déjà mis le moteur en marche. J'ai pris congé de mon Américaine, j'avais envie de toucher ses joues, ses cheveux roses, je ne lui ai pas serré la main, ça ne se fait pas

en Amérique, j'ai répété venez, je vous attendrai,
elle n'a pas répondu, elle s'est couchée sur la
pierre du gradin et j'ai suivi Jean-Loup avec toute
la mauvaise grâce du monde.

Quand Clara, un peu plus tard, sur la route du
retour, m'a dit alors tu as fait des rencontres inté-
ressantes? j'ai répondu d'une voix terne :

— Une petite Américaine. Elle viendra peut-
être boire du retzina avec nous tout à l'heure.

— Ce serait charmant.

Je l'ai trouvée idiote la route jusqu'au port, et
quel fâcheux ce Constantin avec sa casquette de
pompiste et ses bras d'ours. Et Clara m'a exaspéré
par de nouveaux commentaires sur l'acoustique
du théâtre. Jean-Loup, lui, avait faim, il répétait
je meurs de faim et toi, Fou? Moi pas, moi non,
moi fiche-moi la paix. Je me sentais prisonnier.
De tout. Du taxi, du bateau, du voyage, des autres,
de leur faim, de leur soif, de leurs plaisirs. Nous
avons dîné dans une taverne, sous une treille.
Jean-Loup est parti vers les cuisines voir ce que
le patron fricotait d'appétissant, il est revenu, les

yeux luisants, annonçant de la moussaka, des brochettes de mouton, des calamars grillés, je ne sais quoi encore, Clara m'a demandé : de quoi as-tu envie? Je n'ai pas répondu : d'une Américaine à cheveux roses, j'ai dit ça m'est égal, commande pour moi. Il y avait un chien, non loin de nous, attaché à une table, un ratier blanc avec des oreilles noires. Des enfants décrivaient une ronde autour de lui, le bousculaient, le chien avait la queue basse, il s'appelait Apollon. Je me suis levé. Quels sauvages, ces gosses. J'ai détaché Apollon et j'ai fait fuir ses tortionnaires.

— De quoi te mêles-tu? a murmuré Clara.

Jean-Loup m'a regardé, l'air de dire celui-là, s'il continue, il va nous bousiller le voyage. J'ai donné toute ma brochette au ratier blanc et noir, il était affamé. Entre chaque bouchée, il me léchait fébrilement la main. Ma pensée ne quittait pas Jill from everywhere là-haut, qui se nourrissait de ces choses considérables : la nuit, les étoiles, le temps retenu. Je savais que, malgré l'invasion des spectateurs, elle n'avait pas quitté la position allongée qui convenait si bien à ses jambes de garçon. Adieu la stabilité de mon métabolisme. J'ai bu à sa santé, à son absence si présente, une bouteille entière de retzina, ça ne m'a pas rendu plus bavard. Quand les autres s'adressaient à moi, je répondais par des oui oui distraits et je cares-

sais Apollon, à l'endroit qu'il faut, entre les oreilles noires. Je savais qu'elle ne viendrait pas,
qu'elle me serait refusée la joie violente de voir
surgir une jeune fille en pantalon de marin sous
la treille de la taverne. Le destin m'avait fait une
surprise gratuitement, pour se moquer de moi. Il
m'avait arraché à la torpeur de ma vie pour me
rappeler que j'étais un type un peu blet qui devait
se contenter de ce qu'il avait sous la main, dans
les bras, Clara, femme, femme, femme, alors que
je voulais cette Jill aux cheveux blond fraise, aux
coudes certainement et délicieusement rugueux et
qui n'avait pour seul parfum que celui de sa
peau.

Je suis resté sur le pont de l'Astraldo jusqu'à
l'aube. Le port, la taverne où nous avions dîné,
la treille, tout le décor de mon attente baignait
dans une lumière farineuse, mélancolique. Apollon avait dû être attaché de nouveau. Nos deux
marins dormaient à l'avant du bateau, dans leurs
sacs de couchage. Quand je suis descendu dans
notre cabine, Clara fumait, adossée au mur de
coussins en liberty qu'elle a emportés avec ses
bagages. Le cendrier sur la table de nuit était
rempli des filtres en liège de ses cigarettes. A côté,
toute une panoplie de flacons, de tubes, de boîtes,
de brosses. Sa coiffure était aussi impeccable
qu'en plein jour, ses ongles, sur le drap assorti aux

oreillers, étaient laqués de frais, sa bouche a trem-
blé quand elle m'a dit :

— Parle-moi, Fou, dis-moi ce qui ne va pas,
je comprendrai.

Avec son front plissé, son visage rétréci, ses
joues barbouillées de cernes, elle m'a en même
temps ému et horripilé. J'ai passé la main dans ses
cheveux, elle s'est cramponnée à moi. Nous avons.
Très bien, c'est bizarre. Non, ce n'est pas bizarre,
la mauvaise humeur est un bon ferment.

A chacun son Amérique.

La mienne, jusqu'à l'apparition en chaussures
de tennis dans le théâtre d'Epidaure, s'appelait
Alison L. Dover. Je l'avais rencontrée au Cap
Cod. C'est, au sud de Boston, un morceau de terre
qui s'avance hardiment dans l'Atlantique et s'y re-
plie à la façon d'un crochet ou, plutôt, du bras
d'un hercule de foire. L'Histoire veut que les Pèle-
rins du Mayflower, en route pour la Virginie, aient
débarqué assez brutalement sur le Cap Cod, au
bout du bras, disons même : sur la main. Sous le
coude : Nantucket, l'île de *Moby Dick* d'où
s'embarquèrent, à bord du valeureux navire Le
Pequod, ces héros chers à tant de cœurs, Ishmael,
Queequeg, le capitaine Achab, pour chasser la

baleine blanche et apocalyptique. Entre le Cap et Nantucket : Martha's Vineyard, encore une île, avec des falaises rouges, des plages tout ce qu'il y a d'élégant, des homards bleus et des demeures style Gatsby. Je crois que, déjà, au temps où j'y étais, les Kennedy passaient leurs vacances au Cap Cod dans leur hameau familial, le Kennedy Compound. Qu'importe. Alison L. Dover ne connaissait ni les Kennedy ni les milliardaires de Martha's Vineyard. Ses ancêtres n'avaient pas débarqué du Mayflower, son arrière-arrière-grand-oncle n'était pas, comme le capitaine Achab, nanti d'une jambe en ivoire de cachalot. Que faisait-elle alors sur le Cap Cod? Tout simplement ce que font depuis quelque temps, l'été, pas mal d'étudiants français, ce que faisaient, avec vingt-cinq ans d'avance, les Américains du même âge, quelles que fussent leur classe sociale et la fortune de leurs parents. Elle gagnait un peu d'argent et ses galons d'autonomie en enseignant la natation dans un camp de vacances. C'était le hasard qui l'avait envoyée à North Falmouth, en bas, à gauche, ou, si l'on reprend la comparaison avec le bras de l'hercule, là où s'amorce le muscle deltoïde.

Moi, en revanche, j'avais soigneusement préparé mon coup. Le Cap Cod était un choix bien précis, la dernière étape avant Nantucket et je n'avais que

cette idée, cette envie : Nantucket. Mais, je m'em-
presse de l'avouer, tout séduisant qu'il fût, Queequeg, le cannibale n'y était pour rien. Ni le mysté-
rieux, le terrifiant Achab. En dépit de l'admiration
que je lui vouais, que je lui voue toujours, je n'allais
pas à Nantucket pour Herman Melville. Je venais
de passer huit mois comme boursier étranger à
l'Université de Syracuse, au nord de New York,
près du Canada. L'hiver y avait été cruel, obsédant.
Dès novembre et jusqu'à la fin avril, la neige s'était
emparée des ormes géants du campus, des chênes
et des hêtres pourpres de la vallée des Mohawks,
elle avait dévoré les rives des lacs aux noms
indiens, Onondaga et Skeneateles. Or, autre aveu,
depuis mon enfance, je déteste la neige. Pour moi
c'est un fléau, une gale blanche sur ce qui m'enchante de la verte vie. A Syracuse j'étudiais la
botanique. Afin d'oublier le ciel tantôt gelé, tantôt
visqueux, les paysages blafards, je m'étais barri-
cadé derrière des livres et j'avais appris que Cha-
teaubriand ne s'était pas trompé, qu'elle était belle,
plus que belle, la nature du Nouveau Monde, que
ses arbres, hauteur, profusion, essences, étaient sans
rivaux. Quant à ses fleurs, surtout les sauvages,
elles me hantaient, je voulais leur consacrer tout
mon temps, mais d'abord, je voulais connaître celles
de Nantucket. Parce qu'elle n'était pas, cette île,
aussi maudite que Melville avait tenté de le faire

croire, elle ne se réduisait pas, comme il l'avait
dédaigneusement écrit, à un brusque coude de sable
flanqué d'une chétive colline. Bien au contraire.
Mes livres de botanique et de voyages le certi-
fiaient : Nantucket c'était la merveille, le paradis,
elle abondait en landes, suivant la saison, mauves
ou dorées, en maquis fougueux, en champs d'airelles, en dunes charriant jusqu'à la mer des
buissons et des buissons de pois sauvages et
d'églantines. Il me fallait les voir, ces églantines.
Je voulais les goûter, ces airelles, et le maquis de
Nantucket j'allais l'explorer sans relâche, j'avais
dressé la liste de ses trésors, je saurais découvrir
sous la viorne, le sassafras et le sumac, l'Indian
pipe et la violette-au-pied-d'oiseau. A moi l'immortelle perlée, la dent-de-lion, l'orchidée couleur
chair, pantoufle-de-lady. Il ne me manquait que
l'argent de l'exploration. Et celui du voyage. J'allais
gagner l'un et l'autre à North Falmouth en enseignant l'équitation, pendant un mois, à des écolières
en vacances. Et alors? A Syracuse j'avais appris
à être patient, il passerait vite ce mois, j'en voyais
la fin avant le commencement.

Et voici que le sort décidait de bouleverser
l'ordre de mes désirs et de mes espérances. Voici
que, dès le premier jour au Cap Cod, dès la première heure, sur l'horizon de lumière, surgissait
Alison L. Dover, professeur de natation.

C'était une jeune fille de vingt ans avec des yeux gris-bleu, une émouvante pluie de cheveux mordorés et trois mètres cinquante de jambes sous un maillot de bain à jupette. Quant à moi je m'imaginais que Syracuse était venue à bout de mon apparence passablement french. Costumes trop sombres, vestons trop croisés, chemises à cols trop hauts (que je n'hésitais pas à resserrer avec une épingle en or), cravates à rayures trop sobres, ce trousseau de petit-bourgeois d'après guerre je l'avais laissé dans mon cottage d'étudiant. J'avais débarqué à Falmouth dans l'uniforme du classique college boy : mocassins avachis, dungarees (c'est ainsi qu'on appelait les jeans en ce temps-là), sweatshirt sur lequel s'étalait, selon l'usage, le nom de mon université. Cependant Alison L. Dover ne s'y trompa point.

— Hello, Charles Boyer, dit-elle quand la directrice du camp de vacances, Miss Ethel, me présenta à son état-major de jeunes filles.

J'avais rougi. J'étais un grand dadais pas si grand que ça, une vague raie sur le côté tentant d'ordonner l'exubérante chevelure dont Clara déparle, timide, l'esprit de l'escalier et très amer à l'égard des Américaines. Les samedis soir de l'année universitaire je les avais sacrifiés à des créatures qui sentaient le chewing-gum à la menthe, se compressaient la taille dans des ceintures plus rigides que des baudriers et les seins dans ces appareils à baleines de métal auxquels on donne le nom bête, frivole et approximatif de balconnets (cage conviendrait mieux, ou piège). La mode était aux cheveux courts et frisottés, aux franges coupées à mi-front (on les appelait bangs), au rouge à lèvres framboise, aux mœurs résolument victoriennes. Un jeune homme convenable se devait d'aller prendre sa date, traduisez : cavalière, dans son cottage si elle était sans fortune, dans sa sorority si ses parents étaient prospères. Je me vois encore. Ma date s'appelle Betty-Lou, elle est catholique et par conséquent elle habite une sorority catholique, on ne mélange pas les confessions. Ou bien elle s'appelle Becky, Sally, elle est juive, je suis français, cette touche de pittoresque m'autorise à pénétrer dans la sorority juive de Syracuse. Nous sommes une demi-douzaine de nigauds qui se sont mis sur leur trente et un, nous avons arrêté nos voitures le plus près possible de la grande maison de sucre où nous avons rendez-vous, nous franchissons le porche à colonnade néo-classique. Assise à une table dans le hall, une dame sans âge nous demande nos noms, son regard aussi radieux qu'inquisiteur me balaye de la tête aux pieds tandis que j'épelle au moins trois fois le mien. Betty-Lou (ou Sally) est prête depuis une demi-heure, elle m'attend, penchée sur la rampe de l'escalier en bois qui donne dans le hall, elle descend les marches, pomponnée, solennelle, le sourire framboise éclatant. Au-dessus du balconnet, ses épaules sont nues ou voilées de gaze beige. Ses jupes sont à mi-mollets, ses escarpins à talons aiguilles assortis à son sac à main. Pas un cheveu ne dépasse des frisettes disposées comme des chipolatas autour de sa tête. Ses bangs la font ressembler à Mamie Eisenhower mais je n'établirai la comparaison que plus tard. Pour l'instant je ne pense qu'à la peau de ma date, je l'imagine sous mes mains au cœur de la nuit et je m'avance, godiche à souhait, je tends à Betty-Lou (ou à Sally) une boîte carrée où dort une fleur de camélia, les garçons qui sont arrivés en même temps que moi tendent à Audrey (ou à Phyllis) une boîte identique où reposent deux liliums et un rameau d'asparagus. Nous aurons droit à des mercis de ferveurs inégales. Quoi qu'il en soit, camélia ou liliums, il y a une épingle à côté des fleurs que ces demoiselles, je ne saurai jamais pourquoi, appellent, comme toute l'Amérique d'ailleurs, un corsage. Premier rite de la soirée : attacher le corsage là où il faut, sur le sein droit de Sally (ou de Betty-Lou) en évitant de casser l'épingle contre une baleine du balconnet ou de piquer

la peau sous la gaze beige. Petite ou grande sortie,
la soirée se déroulera selon un protocole immuable.
On boira des bières et on mangera un hot-dog
dans le premier cas. Dans le second, le steak-frites
sera précédé de dry martinis. Après, on dansera.
Au son d'un pick-up ou d'un orchestre à la Benny
Goodman. Dans un modeste cabaret situé en
dehors de la ville ou dans la salle de bal du Grand
Hôtel de Syracuse. Jamais je n'aurai le droit de
changer de cavalière, je suis rivé, enchaîné,
condamné à Sally ou Betty-Lou. Même si nous
sommes sortis en groupe, même si au bout d'une
heure elle m'assomme ou déclare qu'elle a la tête
qui tourne à cause de la bière. Ma joue gauche
est abonnée à la sienne, mes bras ne sont autorisés
à étreindre que son buste en fer. Inviter à danser
la date d'un autre garçon, y compris celle d'un
ami, serait une faute impardonnable, on me trai-
terait de tricheur, de sale grenouille, peut-être
même qu'on me casserait la figure. Alors il ne me
reste plus qu'à ramener mon crampon, mon boulet
dans la vieille Chevrolet que j'ai achetée à tempérament. Avant de regagner sa sorority, nous irons
nous garer du côté du château d'eau qui domine
l'université, les étudiants lui trouvent sans doute,
à la lune et sous la neige, quelque chose de romantique, c'est un phare, un donjon. Cinquante voitures sont arrêtées devant la mienne, cinquante

couples y sont tapis, davantage, les voitures américaines — l'a-t-on assez rabâché? — sont de vrais salons. Comme les autres, nous éteindrons toutes les lumières, le seul feu rouge qui restera sera la bouche framboise de Betty-Lou (ou de Sally). On me permettra de la consommer, ma faim est si grande que je me jetterai dessus. De toute mon énergie je lutterai contre le balconnet et le baudrier serré jusqu'au dernier cran, je caresserai ce qu'on voudra m'offrir d'un corps dont la tiédeur m'affole. A charge de revanche, on me mordillera l'oreille si on est généreuse, on griffera un peu ma nuque, on murmurera no no please si je veux m'aventurer plus loin. Il y a deux mots assez laids et intraduisibles pour ce fâcheux jeu de mains et de lèvres : petting et necking. Gênés, chiffonnés, maladroits, nous serons, comme les occupants des voitures devant nous, de piètres amoureux à qui l'essentiel est interdit, la bonne fièvre et moi, cette année-là, j'avais vingt et un ans.

Au camp du Cap Cod, Alison L. Dover ne se comporta pas comme les filles de Syracuse. Aussitôt qu'elle eut lâché son hello, Charles Boyer. s'apercevant que j'avais rougi, elle se lança dans une tirade que je n'oublierai jamais :

— J'aime Charles Boyer beaucoup, j'aime tout ce qu'a la France, c'est belle et je connaissais, mon grand-mère il était français, il s'appelait Louise, le L entre Alison et Dover c'est pour Louise, mon famille il avait une maisonne près le château de Bloïss, vous connaissez le château de Bloïss?

Suis-je tombé amoureux dès le château de Bloïss? Je crois que oui. En tout cas, je n'ai pas ri, ni même souri. J'ai regardé les cheveux que le vent de mer promenait sur le front, les joues, les yeux les plus limpides du monde et j'ai répondu que oui, je connaissais le château en question, qu'il était magnifique, que Charles Boyer était un brave homme, un bon acteur, que ça ne me dérangeait pas du tout qu'elle me donnât son nom. Je débitais ces platitudes d'une voix que je voulais désinvolte et qui ne l'était pas. Alison-Louise me prit la main, la secoua, garçonnière, enjouée :

— On est amis.

L'arrivée des élèves était prévue pour le lendemain. Miss Ethel avait fixé à l'après-dîner la réunion où serait exposé ce qu'elle attendait de moi et des six jeunes filles qu'elle avait engagées pour la période des vacances. Cinq d'entre elles partirent défaire leurs valises, je restai avec le professeur de natation, le soleil était haut, nous avions un bon moment devant nous.

— Si nous allions nous baigner? dis-je.

— Tout de suite?

— Tout de suite.

— Wow.

Sur ce cri de guerre nous avons quitté le camp, ses baraques, son terrain de basket-ball, ses tennis dont on avait soigneusement repeigné le gazon. Nous avons traversé un petit bois de pins, j'ai dit au retour nous irons faire la connaissance des chevaux, je ne me souviens pas de ce qu'Alison m'a répondu, ai-je seulement parlé des chevaux? C'est peu probable, je me moquais d'eux à cet instant, le retour était loin, le reste du monde partait à la dérive, s'engloutissait dans la bonne surprise que l'Amérique, après tant de mois gâchés et de souvenirs piteux, venait enfin de m'offrir. Seules comptaient cette jeune fille aux yeux couleur de petit matin, sa main que j'avais prise dans la mienne, qu'elle y avait laissée et la dune qui s'entrouvrait devant nous. On y voyait, cadeau supplémentaire du ciel, certaines des plantes que j'avais recensées dans les livres sur Nantucket. Mes premiers pois sauvages, camaïeu bleu et mauve, c'est à Falmouth que je les ai trouvés, c'est Falmouth qui m'a présenté mes premières églantines-de-mer, leurs feuilles larges et rêches, leurs fleurs, leurs vagues de fleurs d'un rose profond, liqueur ou vitrail.

Non, mais non, je n'ai pas herborisé cet après-
midi-là, j'avais autre chose en tête, la plage privée
du camp était mon but exclusif, elle était déserte
quand nous y sommes parvenus, je ne me rappelle
pas si la mer était calme, elle devait l'être, North
Falmouth est au fond d'une baie. Il devait y avoir
des mouettes et des goélands, le ciel du Cap Cod,
comme celui de Nantucket, en regorge. Dans leurs
danses aux dessins vifs j'ai lu, c'est certain, mille
présages de félicité. Des bateaux couchés en bon
ordre attendaient les élèves de voile, c'est auprès
d'eux que nous nous sommes déshabillés, sans nous
cacher l'un de l'autre, sans façons. La robe d'Alison est tombée à côté de mon pantalon sur le sable,
nous étions en maillots de bain, oh le sien, bleu
gentiane sur son corps de fille long-jointée, sa
façon de se jeter à l'eau, rapide, comme si elle
retournait à son élément naturel. Et après, ses cheveux trempés, collés à ses tempes quand elle émer-
gea, son sourire et son crawl, le moulin de ses
bras, l'expression concentrée, un peu féroce, qu'elle
avait chaque fois qu'elle prenait une respiration.
Nous nous sommes rencontrés sous l'eau, ce fut
notre premier baiser, le second, le troisième, le
suivant, d'autres, beaucoup d'autres furent échan-
gés sur la plage, à l'abri des bateaux couchés. Et
le soir même, après la réunion de Miss Ethel,
quand les autres filles eurent gagné leurs lits, nous

avons, ma nageuse et moi, traversé à nouveau le camp, le bois de pins, suivi le chemin dans la dune parmi les pois sauvages et les églantines-de-mer. Salt spray rose. Rosa rugosa. C'est à cette fleur délicate et robuste que j'associe le souvenir de la nuit où Alison-Louise Dover me fit don de sa merveilleuse personne, de ses jambes à la mesure de mon désir, de ses cheveux encore poissés d'eau de mer, de sa peau qui avait goût de sel. Salt Spray Alison. Elle n'était pas la première Mademoiselle de Plémeur de ma vie mais elle était la première ondine, c'était grave, ça l'est toujours, je suis un vieux jeune homme incurablement fidèle à ses premiers éblouissements.

Toute la matinée, j'en ai voulu à Clara. Un ressentiment vétilleux, qui fignolait, croissait, s'étendait à tout. Alison du Cap Cod était à l'autre bout de ma vie, sur une plage qui ne ressemblait en rien aux îles grecques, c'était la faute de Clara. A peine entrevue, reconnue, désirée, Jill d'Epidaure avait joué les willis, encore Clara. Petro, le capitaine, était grincheux, il prédisait le meltelm, ce vent grec inventé par les dieux de l'Olympe pour punir les hommes de leur inconduite, ce vent qui hurle comme une armée de loups, la mer Egée

devenant steppe liquide, les bateaux les plus solides
renversés, leurs mâts craquant, craqués. Je le
connaissais, il nous avait contraints, l'été précédent, à rester, tout le temps d'une croisière, prisonniers du port de Mykonos. S'il se levait, ce
serait, mais oui, l'ouvrage de Clara. En attendant,
que la voile demeurât prudemment baissée, que
le bruit du moteur m'exaspérât, que l'odeur de
l'essence me soulevât le cœur, je l'en tenais pour
responsable. Quant aux méduses. Parce que dans
la crique où nous nous étions baignés, nous avions
eu droit à des méduses. Pas celles de l'Atlantique,
ces choses blêmes qui ne m'ont jamais fait mal, que
l'on trouve surtout sur le rivage, pareilles à des
yeux crevés. Non, nos méduses grecques (je disais :
les miennes puisque c'est moi seul qu'elles avaient
attaqué) ressemblaient à des fouets, des lanières,
elles étaient brunes, vives, agressives, elles
m'avaient brûlé le dos à deux endroits et les bras,
un genou. Mes jérémiades, ma ritournelle de
bonhomme douillet. Que Jean-Loup fût sain et
sauf cela me paraissait, sinon équitable, tout au
moins normal. Il lui faut toujours vingt minutes
avant qu'il pique une tête, comme il dit, bien que,
se bouchant de deux doigts les narines, il ne se
jette à la mer que les pieds les premiers. Mais Clara.
Clara qui trépigne sur le pont dès que survient le
moment d'arrêter le bateau, dont le flac dans l'eau

suit comme un écho celui de l'ancre, pourquoi, en quel honneur était-elle restée accrochée à l'échelle comme. Comme.

— Pourquoi es-tu restée accrochée à l'échelle comme...

— Comme quoi? Une guenon? C'est ça, hein? Allez, vas-y, ne te gêne pas, je suis une guenon. Toutes les femmes sont des guenons.

Ses yeux. Dans chacun d'eux un feu de joie, elle allait me prendre en flagrant délit de misogynie, c'est un de ses trucs préférés. A ce type ruisselant, furieux, un peu ridicule, qui se frottait le dos et soufflait sur son bras, là où les méduses l'avaient piqué, elle allait pour la cent cinquantième fois sortir la boutade d'un vilain antiféministe du siècle dernier : Une femme qui exerce son intelligence devient folle, laide et guenon. Suivraient un peu plus tard et en vrac les articles de son magazine, ceux dont elle est particulièrement fière, les vibrants plaidoyers pour la femme qui avaient fait monter le tirage de vingt pour cent. Si je n'y prenais pas garde, elle allait conjurer ses récents ennemis, Nietzsche, Lawrence, Freud (qu'elle adorait pourtant jusqu'à l'année dernière) et, bien entendu, Montherlant (elle ne connaît de lui que cette pauvre tordue d'Andrée Haquebault. Ni la Dominique du *Songe,* ni Mademoiselle de Plémeur ne font partie de ses relations). Elle parlerait de ces gens-

là comme des invités qui s'étaient mal conduits
à ses dîners faussement impromptus du dimanche
soir. Pour un peu elle les appellerait par leurs prénoms, elle dirait : ce pauvre Sigmund, cet abominable D. H., cet Henry de malheur. Et j'allais me
laisser piéger? J'ai haussé les épaules :

— Je dis simplement que tu aurais pu me prévenir.

— De quoi?

— Tu les avais vues, ces méduses, avoue.

— Je n'avoue rien.

— Alors pourquoi n'as-tu pas plongé?

— Je ne sais pas, je te jure, je ne sais pas.

— Tu sais très bien. Tu les avais vues et tu
trouvais ça drôle que je me fasse attraper.

— Ignoble individu.

Elle s'amusait, je lui aurais volontiers tordu le
cou. Elle est descendue dans la cabine et elle est
revenue tenant, d'une main une bouteille d'alcool
à 90°, de l'autre une boîte de crème, ses chères
crèmes.

— On désinfecte avec ça et puis on applique
ça. Tu veux que je le fasse?

— Non merci.

— Tu as tort, tant pis pour toi. Fais-le tout
seul, dépêche-toi, tu seras très vite calmé.

Là, en guise de réplique, un regard boueux et
qui signifiait : et si je ne veux pas être très vite

calmé ? Si je ne veux pas être calmé du tout ?

— Vas-y, Fou. Plus tu attendras, plus tu auras mal.

— Je ne veux pas te priver de cette satisfaction.

— Tu es impossible.

— Laisse-moi tranquille.

In petto : laisse-moi pour de bon. Laisse-moi, point à la ligne. Disparais, gomme ton corps caramel, ton chapeau bleu, tes lunettes bleues, ton Sigmund, ton alcool à 90°, tes crèmes qui calment. Fonds-toi dans le désert de ciel et d'eau qui nous entoure. A toi de jouer les willis. Ou bien change d'attitude, ne sois ni compréhensive, ni gaie. N'essaye pas de sauver la croisière, nos vacances organisées depuis huit mois. C'est bon parfois de gâcher, d'abîmer, laisse-moi à mes humeurs de ravage, ne tente pas de dissiper le malaise qui m'étreint, cette méduse supplémentaire qui m'attaque et me blesse au fond de moi et, crois-moi, c'est plus fort à cet endroit, c'est plus désagréable que dans le dos. Je te préfère quand *tu exerces ton intelligence,* quand tu sors des énormités sur les temps modernes, ton siècle sur lequel tu te penches comme sur ton magazine, auquel tu pardonnes tout comme à un amant que tu crois génial et qui n'est que mal élevé. Je t'aime mieux frétillant devant le séisme des Halles ou accueillant avec allégresse, façon Jeanne d'Arc aux prises avec ses

voix, les barrissements déchaînés par ce butor de
Berlinois sur le théâtre de ton cher Polyclète.
Engueule-moi, traite-moi de râleur invétéré, de
rabat-joie. Reprends la tête que tu avais l'autre
nuit, traquée, douloureuse, ta tête de mendiante
de luxe, je m'en accommode, tu l'as bien vu, et
même j'y réponds, les hommes ont de ces tours
de passe-passe. Les hommes. Enfin, moi. Fin de
citation.

Et début d'une manière de honte. Je dis bien :
une manière. Pas la honte qui se complique d'humi-
lité, de remords. On ne dit pas je t'en prie, pardonne-moi, quand on n'a prononcé qu'un réquisitoire muet. On ne dit pas je suis le dernier des
salauds quand on n'a été qu'une poule mouillée.
On ne se frappe pas la poitrine quand elle est nue,
je ne m'appelle pas Fou Vsevolodovitch, que diable. Je me suis attardé un moment sur le pont, je
frottais en silence les cloques blanchâtres qui
enflaient mes bras, mon genou puis je suis descendu
dans la cabine pour regarder à l'aide d'un miroir
dans quel état était mon dos. Bravo, charmant,
j'étais réussi. Cette lèpre et celle, symétrique, qui
croissait, qui s'étalait au fond de moi allaient-elles
durer? Le reste du voyage? Plus longtemps? J'ai

pris une douche. Ça m'a fait du bien. L'eau douce, l'eau froide c'est encore le meilleur remède quand la peau est à vif et que le cœur l'imite. Je me suis étendu sur ma couchette, l'Astraldo avait levé l'ancre, on n'entendait plus que le bruit du moteur et celui de la mer contre la coque. Entre les quatre murs vernis de la cabine je me suis senti protégé, je pouvais vaquer à mes nostalgies. J'ai revu le camp de North Falmouth, ses baraques style western, murs en rondins, sol en terre battue. Chacune des monitrices (on les appelait counsellors) y dormait en compagnie de quatre ou cinq élèves. Ces dernières, parlons-en. Elles suivraient le chemin des Betty-Lou et autres Sally de Syracuse. Un jour, elles se compresseraient dans des baudriers et des balconnets, elles barbouilleraient leurs lèvres de rouge sang, elles minauderaient et se livreraient aux plaisirs radins du necking. Pour l'heure, elles n'étaient que d'implacables jeunes ogresses, le cou dans les épaules, l'estomac rempli de pop-corn et de bouchées au chocolat. Les voici, prenant leur leçon de natation, balourdes, inattentives. La patience d'Alison. Elle décompose chaque mouvement puis se jette à l'eau, lance les bras, bat des pieds, qu'il est beau le ralenti de ce corps généreux. Les élèves maugréent, piaillent, font semblant de couler, grelottent, s'échappent, se ruent sur leurs peignoirs de bain, s'en enveloppent

comme de manteaux de fourrure, pêchent un morceau de chewing-gum dans une poche, passent
le reste de la leçon à ruminer. Avec moi, même
système. On tient les rênes du cheval comme s'il
s'agissait d'un cierge, on tire sans pitié sur le mors,
on a des jambes en coton, on devient sac de
pomme de terre pour le trot assis, et, dès qu'il
faut passer au galop, on perd les étriers, on se
cramponne au pommeau de la selle, on pousse
des cris de bête qu'on égorge et on descend, que
dis-je? on se jette à terre et là, on mâche encore
du chewing-gum. A table elles mangent avec leurs
doigts et gonflent leurs joues de pépins de pastèque.
En avant pour le bombardement. Alison est la cible
favorite. Elle sourit sous l'averse de pépins qu'on
lui crache à la figure : une counsellor doit être
sport, Miss Ethel l'a expliqué dès le premier jour,
les enfants peuvent tout se permettre. Pas question
de punir une insolence. Vive la démocratie américaine. Elles n'avaient pas été bien longues à
repérer mes sentiments, ces graines de mégères.
Dès qu'Alison entrait dans mon paysage, en short,
en pantalon ou, le soir, en robe d'été sans manches,
son cou, ses bras comme des morceaux de soleil,
je ne pouvais retenir un frémissement. Chaque
fois, je me sentais criblé de regards pointus, cruels.
C'était sur mon visage, ma nuque comme une volée
de cailloux. Elles m'avaient surnommé : le French

Cheval, et l'une d'elles, la pire de toutes, une certaine Jane Sutherland, gros crapaud aux yeux rouillés, avait demandé ex abrupto au professeur de natation :

— Dites, Miss Alison, c'est vraiment agréable d'être amoureuse d'un French Cheval?

Alison encaissa le coup, digne, douce, la voix posée :

— Mais, Jane, pourquoi ne vous renseignez-vous pas auprès d'une jument?

Les autres monitrices ne me traitaient pas de cheval mais elles n'avaient guère plus de sympathie pour nous que les petites ogresses. Pas question de trouver une complice auprès de ces filles sèches pour lesquelles la morale U.S.A. était la seule valable et un Français (leurs allusions pesaient une tonne) le représentant d'une race misérable et corrompue. Sur un soupçon qu'on lui avait sournoisement glissé, Miss Ethel avait convoqué Alison. Son chignon ficelle, ses joues carrées, sa poitrine comme un tiroir ouvert au-dessus de son corps en forme de bahut : elle était la Mom du camp, elle entendait que la vertu y fût respectée. L'amour elle l'appelait sex, c'était une chose

sale, avilissante, pas de ça au camp, ce paradis
d'avant le serpent.

— Que pensez-vous du professeur d'équitation,
Alison?

— Mais, Miss Ethel, il est très gentil. C'est un
très bon professeur, un très bon cavalier.

— C'est tout, n'est-ce pas? Rien d'autre? Si
jamais entre lui et vous. Vous voyez ce que je veux
dire? Vous partiriez sur le champ, Alison. Et lui
aussi, il partirait. Vous voilà prévenue.

Son clair regard levé vers le juge à la poitrine
monumentale, Alison avait subi la menace aussi
vaillamment que la méchante question de Jane
Sutherland, mais elle n'avait pas répondu. On
ne répondait pas à Miss Ethel, elle ne le suppor-
tait pas. La démocratie américaine elle la prê-
chait, elle en parlait comme d'une friandise succu-
lente, une spécialité nationale, elle en était gour-
mande et fière mais, du moins avec ses employés,
elle préférait pratiquer le pouvoir absolu.

Deux ou trois fois, au début des vacances, profitant du sommeil des petites brutes qui partageaient
sa baraque, Alison était venue me rejoindre. Je
couchais à côté des chevaux dans une pièce à
peine plus grande qu'un box. Je me souviens de ces
moments volés comme de la première nuit dans
la dune, ils étaient à moi le corps qui savait si
bien fendre l'eau, la pluie de cheveux, les yeux gris

bleu, quel vertige. Mais chaque fois qu'un cheval frappait du sabot le bois de son box, nous sursautions, Alison se cachait sous les draps, je courais à la porte, quelle peur. Après l'avertissement de Miss Ethel nous avons renoncé à la peur comme au vertige. Alison : il faut attendre la fin de ces stupides vacances, nous irons loin de ce camp ridicule. Et moi : nous irons à Nantucket, on y sera seuls, heureux, je déteste attendre mais je vous attendrai, I'm in love with you, je suis en amour avec vous. Je l'étais. En. Dedans. Loin. Profond. Deep in love.

Levé à l'aube à cause des chevaux, j'allais rôder près du camp, tout le monde dormait dans les baraques de rondins, je m'approchais de celle d'Alison, j'imaginais, j'imaginais. Oui, nous serions heureux à Nantucket. Que je les étrillais bien, ces matins-là, les chevaux de Falmouth. Surtout la jument aubère que j'avais baptisée Louise, j'enfouissais mon visage sous sa crinière, elle aussi avait goût de sel, salt spray Louise.

Je suis remonté sur le pont. En dépit des funestes prédictions de Petro, le meltelm ne s'était pas levé. Le soir venant, la mer était comme une grande étoffe d'un bleu de fumée. Clara et Jean-

Loup jouaient au scrabble. Comme d'habitude, ils étaient nus, leurs quatre fesses étaient sans défaut, leurs profils tendus, ils s'appliquaient et Clara gagnait. Jean-Loup a gémi :

— Tu es trop forte pour moi, j'ai un jeu épouvantable. Un k, un w, deux v. Qu'est-ce que je peux faire avec ça?

Clara s'est tournée vers moi. Son sourire comme une gerbe de douceur.

— Demande à Fou de t'aider. C'est un as au scrabble. Ça va mieux, Fou? Tu t'es soigné? Tu n'as plus mal?

Je n'avais pas besoin de tant de sollicitude, je ne la méritais pas. Mais comment l'expliquer? A quoi bon? Et puis le souvenir d'Alison L. Dover était passé sur moi comme une vague, adieu les brûlures de méduses et les autres, je me sentais moins bête, moins vieux, vaguement pacifié. J'ai dit :

— Ça va mieux, merci. Bien sûr que je vais l'aider, ce pauvre Jean-Loup.

Je me suis assis à côté de lui. Clara m'a servi un ouzo, l'a coupé d'eau glacée. J'ai bu d'un trait le liquide opalin et j'ai mis le k de Jean-Loup sur une case bleue du scrabble, ça compte triple, j'ai formé le mot kwas, gain : quarante-deux points. Jean-Loup m'a embrassé, un gros baiser d'enfant. Merci, Fou, tu es formidable. Et Clara, fondante :

— Tu ne vas quand même pas me voler ma victoire?

Je la lui ai volée. Comme ça lui a plu. Qu'il l'a donc ravie, ce désastre minuscule. Fou est im-battable. Je n'ai pas dit : Mais si, mais si, Clara, je suis à battre parfois, souvent, seulement c'est toi qui reçois les coups et tu les aimes, qu'y puis-je? Nous arrivions à Porto Heli, nous allions y passer la fin de la soirée, la nuit. Clara et Jean-Loup sont descendus s'habiller dans leurs cabines. J'ai regardé les marins faire la manœuvre et j'ai bu un second ouzo, un troisième, bien corsés, j'étais agréablement soûl quand nous avons mis pied à terre. Clara portait une djellabah bleue. Nous avons traîné dans le petit village tranquille. Pas un seul touriste. Les magasins étaient grands ou-verts. Cambrées, poings aux hanches, des femmes jacassaient, des enfants jouaient, nous avons acheté du pain au cumin, des tiropitas, ce sont des feuil-letés au fromage blanc, j'adore ça, j'avais faim, nous avons mangé les tiropitas, assis à une terrasse du port, le ciel était une voile de plus derrière l'Astraldo et les caïques des pêcheurs. Encore un ouzo pour arroser les tiropitas. La djellabah de Clara était du même bleu que le maillot de bain d'Alison, je gardais avec moi mon fantôme bien-aimé, je lui donnais la main en prenant celle de Clara. Nous avons dîné dans une taverne au bord de l'eau, de poissons, les rougets grecs, barbounias, j'ai mangé deux barbounias en pensant aux poissons du Cap Cod. Nous avons bu du retzina. La nuit a coulé sur nous. Laquelle? La nuit grecque avec ses jardins d'étoiles? La nuit de Falmouth avec ses buissons d'églantines? Je ne choisissais pas, j'étais ici et là, épars, déchiré, ce n'était pas vraiment triste. Nous sommes revenus au bateau, je tenais toujours la main de Clara. Une fois dans la cabine, eh oui. Pourquoi pas? En hommage à ma chère Alison. Pour la remercier de sa visite, du moment consacré à son ombre si longue, à ses cheveux de noyée, à nos noyades à nous sur la dune ou dans la chambre-box à côté des chevaux. Quand elle est sortie de mes bras pour s'étendre sur la couchette mitoyenne, Clara m'a dit et sa voix contenait la tendresse habituelle, pas un soupçon d'ironie :

— Demain nous serons à Spetsai. Il y a beaucoup d'Américains dans cette île. Tu verras, nous la retrouverons, ta petite Américaine.

Il est arrivé, enfin, le jour de quitter North Falmouth. Les parents des petites ogresses sont venus les chercher, leurs voitures ont formé un arc-en-ciel devant les blanches barrières du camp. Miss

Ethel avait mis une robe de guingan, grise je crois, elle rayonnait d'entrain, de satisfaction papelarde, caressait une tête, baisait une joue, une autre, toutes les joues. Au revoir Mirna, Jane, Joy, Liz, Maggie, Debbie, Sue, revenez l'été prochain, vous verrez, on s'amusera encore plus que cet été, vous deviendrez des championnes de tennis, des championnes de basket-ball, d'équitation, de natation, des championnes, des championnes. Les autres monitrices ont imité la Mom du camp, rivalisé d'éloges sur leurs élèves. Sue a fait de grands progrès, Liz a un style de compétition, Mirna, ah, Mirna et Debbie, vous devriez voir Debbie jouer au tennis, Mrs Smith. Mrs Smith et Monsieur, les autres parents gobaient tout. Papas encore jeunes mais déjà corpulents, mamans habillées comme dans un film de Deanna Durbin (mousseline, froufrous, casquette à pois ou en dentelle), ils étaient fiers de leurs futures championnes, lesquelles nous regardaient au visage, Alison et moi, d'un air sournois et triomphant.

Qu'il eût été agréable, le ton aussi doucereux que celui de Miss Ethel et des autres monitrices, de lancer une déclaration pied-dans-le-plat et trouble-fête, dans le genre : vos filles sont paresseuses, mal élevées, maladroites, elles n'arriveront jamais à rien. Mais à quoi bon? Cela fait perdre du temps, un papa offensé. Et une maman. Et Miss Ethel.

Dans quelques instants, cette épreuve, la dernière
de l'été, prendrait fin. Rideau. Il ne fallait pas
prolonger le spectacle, nous sommes restés silencieux, Alison et moi.

Alors un papa particulièrement jovial s'est
approché d'Alison, lui a demandé la raison de son
attitude, était-ce le chagrin? Regrettait-elle les
girls, la sienne par exemple? Dans ce cas, il l'invi-
tait à se joindre à sa famille, ils partaient visiter le
reste du Cap Cod, Wellfleet, Provincetown, on disait que c'était charmant, pittoresque, alors, Miss,
on vous embarque? Son œil goguenard a traîné
sur Alison tandis qu'il formulait son invitation,
je lui aurais volontiers balancé un coup de poing.
Je n'ai pas eu le temps de mûrir cette pensée
agressive. A peine Alison lui avait-elle répondu
non merci, de sa voix tranquille que sa fille (était-
ce Jane Sutherland?) s'est tournée vers moi :

— On vous invite aussi, French Cheval.

Je ne me rappelle pas comment j'ai réagi, j'ai
dû répondre non merci, également, mais d'une voix
que je voulais cinglante et qui n'était que french.
Ou bien je n'ai rien répondu, c'était plus méprisant.
Quoi qu'il en fût, le gag avait porté, l'assistance, y compris Miss Ethel et ses loyales counsellors, riait fort et gras, l'ogresse s'est taillé un
vrai succès et elle est sortie, ventre en avant,
radieuse, entre son mufle de papa et sa maman à

casquette. Les autres familles ont suivi, l'arc-en-ciel des voitures s'est mis en marche dans un tonnerre de plaisanteries, de portières claquées et de coups de klaxon.

— Bye bye, Miss Ethel, à l'année prochaine.

Circulant d'une voiture à l'autre, Miss Ethel a encaissé le tonnerre, agité la main, souri à n'en plus finir et moi je lisais ses pensées, ce n'était pas bien difficile. En un mois, j'avais appris à la connaître. Je savais que le dollar commandait à la benoîterie de son système d'éducation, que les trésors d'indulgence qu'elle dispensait aux ogresses travaillaient à son trésor à elle, qu'ils étaient son plus sûr placement. Le séjour au camp de Falmouth coûtait cher, les ogresses ne l'avaient pas caché, elles étaient trop fières de leurs riches parents pour cela. L'année prochaine, c'était clair, il coûterait davantage. Les mains de Miss Ethel faisaient bye bye et moi je traduisais : par ici, la bonne soupe.

La dernière voiture disparue, elle est revenue vers nous, ses employés d'une saison. Elle avait encore à nous remettre nos salaires, tout sourire avait fui ses grandes joues carrées et pourtant, si je ne me trompe pas (mais comment me tromperais-je ? J'étais si pauvre), il n'était pas gros, ce salaire : cent cinquante dollars (aux ogresses, par tête, elle demandait trois fois plus).

— Suivez-moi, a dit Miss Ethel.

Elle nous a conduits dans son bureau, elle ne s'est pas assise. Les bras croisés sur sa redoutable poitrine, elle nous a d'abord servi la péroraison que nous connaissions déjà, celle de l'arrivée, sur ses principes et sa morale. Puis elle a sorti d'un tiroir un paquet d'enveloppes et commencé la distribution. Chacun a eu droit, en prime, à un petit discours. Les cinq autres filles, les moutons, ont reçu des éloges, Alison et moi des blâmes, elle avait failli nous mettre à la porte dix fois, comment devant des enfants avions-nous pu nous comporter de la sorte? Nos regards qui se croisaient sans cesse, cette complicité avouée, la façon dont nous disparaissions toujours en même temps, oui c'était répugnant, disgusting. Et pas moyen de protester. Alison a essayé, la démocratique Miss Ethel lui a cloué le bec. Taisez-vous, vous n'avez pas d'excuse. Et comme nous voulions partir, indifférents et même soulagés par tant de bêtise, elle nous a retenus :

— Les autres peuvent s'en aller, pas vous. J'ai encore un mot à vous dire.

Je commençais à en avoir assez :

— Qu'est-ce que c'est?

— Qu'allez-vous faire maintenant? a demandé Miss Ethel et ses grandes joues tremblaient de colère, ses yeux sales luisaient de curiosité.

Alison a eu un geste vague mais calme vers la fenêtre du bureau, la mer au bord de la plage privée, l'au-delà du camp. Je me suis planté devant Miss Ethel, tout près :

— Voici ce que nous allons faire, regardez.

Et moi, l'esprit de l'escalier, le timide, ennemi de tout exhibitionnisme, j'ai pris Alison dans mes bras et je l'ai embrassée à pleine bouche. Oh les glapissements de la Mom et le retour en trombe des moutons.

— C'est tout? a fait Clara, déçue, quand je lui ai raconté cette histoire, mon pauvre Fou, tu manques toujours de violence aux bons moments.

Là, je suis resté médusé :

— Que devais-je faire selon toi?

Son regard charmeur s'est rempli d'orage :

— Y aller carrément, te montrer plus homme.

A quoi rêvait-elle? M'imaginait-elle, la main, les deux mains sur Miss Ethel, la secouant comme une cloche qu'elle était, déchirant son corsage de guingan puis, devant la vieille bête terrorisée, contraignant Alison à une gymnastique très particulière? Elle est déroutante, on m'avouera, Clara Bernis. Quand elle me raconte le naufrage d'un couple que nous connaissons et que je prends, oh

faiblement, la défense du monsieur, elle s'em-
pourpre et gémit :

— Espèce de phallo, tu n'es qu'un macho.

Et en même temps elle me voudrait plus homme,
elle n'en finit pas d'aspirer le h aspiré de ce mot
qu'elle trouve magique, elle me voudrait plus
hhhhhomme et m'accuse de manquer de violence
aux bons moments. Ce n'est pas la seule contradic-
tion que je relève chez cette jolie dame. Je
me demande à quoi ressemble son homme idéal.
Quel est son portrait-robot? Tenant compte
de ses exigences variées, je me décide pour un
individu qui combinerait le charisme de son
ministre, la curiosité toujours en éveil de son
psychanalyste, le langage sans voiles de Miller
et le tempérament de Gengis Khan. Sans oublier
le dévouement du non-macho qui, à la télé-
vision, lave les carreaux de l'épouse absente
avec le produit qui convient, celui qui ne mousse
pas.

J'ai de jolis souvenirs à Spetsai, ils remontent à
dix, douze ans, je ne sais plus, je ne tiens pas de
journal, ma mémoire, comme moi, ne boit que ce
qui lui plaît. A quoi servent une date, un chiffre
quand des images sont assurées d'une lumière

inaltérable? C'est au printemps que j'ai fait la connaissance de Spetsai. Jacques B. et sa femme, Ariane, m'avaient invité à partager quelques jours le bonheur que leur procurait ce morceau de Grèce qu'ils avaient élu entre tous, cette île plus verte que blanche, sa forêt, ses prés, ses bergers et leurs chèvres, mais surtout le paysage devant leurs fenêtres, trois autres îles (dont Hydra) posées au fond de leur horizon comme des oiseaux, ils en récitaient avec ferveur les plus frêles métamorphoses. Jacques peint, Ariane l'aime, ils avaient renoncé à Paris, ses embouteillages en tous genres. Ils étaient satisfaits l'un de l'autre et de leur exil, lui à la fois doux et sombre, elle joyeuse, des dents enfantines, pointues et cette sorte de regard qui m'attendrit toujours, dedans de l'eau pour un oui ou un non. Tous les matins, tandis qu'Ariane étudiait le grec, nous montions, Jacques et moi, par des chemins de terre bordés de murettes croulantes jusqu'à la chapelle du prophète Elie, il disait je vais à Prophète Elie comme naguère il disait je vais aux Deux Magots. Je le laissais méditer sur les héros grecs, devant la mer de leurs exploits et je m'attardais dans les prés aussi fleuris que la tapisserie de la Dame à la Licorne. J'y ai cueilli des orchidées sauvages, lesquelles? Pourquoi ne figurent-elles pas dans mon herbier? Sans doute espérais-je retourner à Spetsai par un autre printemps

avec quelqu'un, une Alison, Alison elle-même, je
l'aimais toujours il y a douze, dix ans, je l'évoquais
pour Ariane, elle m'écoutait. Ses yeux d'eau. Elle
croyait, comme moi, que l'obsession est un privi-
lège, sous sa brûlure une douceur. Un jour, un bruit
courut dans Spetsai où les B. connaissaient chaque
autochtone par son prénom et le récit de sa vie.
Afin de distraire ses invités chasseurs, Niarchos,
propriétaire de l'île voisine, Spetsopoulai, y avait
fait transporter une compagnie de cerfs. En temps
voulu on les massacrerait. Pour l'instant, afin qu'ils
reprissent quelque énergie après le long supplice
dans la cale d'un navire, on leur laissait la liberté.
Et voici que les cerfs de Niarchos n'avaient pas
attendu le rendez-vous de la mort avec ses invités.
Quelqu'un, un berger sans doute, les avait aperçus
sur la mer, leurs bois, comme la forêt de Malcolm,
en marche vers Spetsai. On disait qu'ils se cachaient
là-haut au sommet de l'île et moi j'étais parti sans
connaître la fin de l'histoire, si on les avait rattra-
pés ou non.

Je pensais à eux cet après-midi, quand le noir
Astraldo aux voiles rousses est entré dans le port
de Spetsai. J'espérais, contre toute logique, retrouver une bonne partie de mes précieuses images.
Jacques serait dans une taverne dont je me souvien-
drais, nous y avions bu l'ouzo bien des fois en
compagnie de ses amis pêcheurs, il m'inviterait

dans sa maison, nous assisterions, silencieux, à la cérémonie du couchant, l'odeur souple et sucrée du jasmin tournerait autour de nous, Ariane me raconterait qu'il y avait encore des cerfs dans les bois où ils avaient pris refuge. Profitant d'une inattention de Clara, elle murmurerait et Alison? Qu'est-elle devenue? L'aimez-vous toujours? Je répondrais. Que répondrais-je? Ah, fou de Fou, comme dit Clara. Spetsai était méconnaissable. Bien sûr, c'était l'été, la saison où les directrices de magazines et leurs amants assureurs prennent la plus grande partie de leur congé, où les barbares envahissent les paradis mais quand même. Fallait-il construire à leur intention ces hôtels hideux, celui au beau milieu de la jetée, mi-souricière, mi-moka, et l'autre, là-bas, comme une caserne dans une vallée céleste? Il n'y a jamais de palais assez beaux pour abriter les trésors qu'amassent les milliardaires, il n'y a jamais de pièges assez laids pour leurs proies, ceux qui n'ont qu'un mois de vacances et qui en rêvent l'année longue. Des villas étaient nées, par dizaines, entre les blanches maisons de ma mémoire et les treilles de jasmin et de bougainvillées. Impatients, des gens les habitaient sans avoir attendu que la chaux grecque, cet onguent de beauté, cette consolation, eût habillé leurs murs. Partout régnait le parpaing de béton et le ciment couleur de cadavre. Jacques n'était pas là, ni

Ariane. Ils se terraient sans doute, comme les cerfs de Niarchos, à l'autre bout de Spetsai, près d'une plage connue d'eux seuls. A moins qu'ils n'aient fui ailleurs, où? Ça grouillait ferme sur la jetée, dans les ruelles voisines, devant les boutiques où s'entassaient tuniques et surplis brodés, tricots à torsades et bijoux de fer semblables à ceux que l'on achète rue Saint-André-des-Arts. Sur une place, près de l'église, attelés à des calèches, ignominieusement coiffés de chapeaux de cotillon, des chevaux faméliques faisaient sourire le chaland. Leurs cochers proposaient trois sortes de promenades. L'un d'eux, rougeaud aux cheveux gominés comme un gangster à l'âge du jazz, corrigeait du manche de son fouet un petit barbe osseux à la robe grise et mal étrillée, il lui cisaillait la bouche, tirait sur le mors de toutes ses forces de brute. L'œil agrandi du cheval martyr. Ma fureur. J'engueule le cocher gangster. Il me répond d'un geste obscène. Clara me prend le bras.

— Allons, Fou, qu'est-ce que tu y changeras? Viens boire un verre.

— Merci, je n'ai pas soif.

Je plaque Clara et Jean-Loup. Ils s'installeront à une table, sur la jetée, ils s'amuseront à trouver des ressemblances aux gens que les paquebots ventrus déversent par essaims, par torrents, ils riront de leurs déguisements, il y a de tout, de faux popes, de faux Négus, et des femmes en robes de grand-mères, le chef surmonté d'un chapeau melon, d'autres en culottes tyroliennes, le ventre à l'air. Je décide de me réfugier auprès du prophète Elie, je rêve au dôme presque bleu à force d'être blanc, au silence, à la paix quand la mer happera le soleil dans un grand froissement de couleurs. Je prends les chemins que je connais, les murettes croulent toujours autour des prés mais les seules fleurs que l'on aperçoit sont des couples avachis, des enfants qui se disputent, des sacs et des bouteilles en matière plastique. J'entends ronronner des caméras, c'est raté, je n'aurai pas droit à un seul instant de solitude alors je renonce, je ne monterai pas là-haut, le prophète Elie est débordé, je redescends, je veux partir le plus vite possible, je convaincrai mes compagnons de regagner l'Astraldo, il faudra trouver les marins, je m'en charge, je ferai toutes les tavernes, nous lèverons l'ancre dès ce soir, même si nous n'en avons pas le droit, nous fuirons mon désenchantement, les villas couleur de cadavre, le cheval rossé, les caméras, la fourmilière à laquelle je ne peux comparer que celle du samedi soir autour de la fontaine Saint-Michel. Je marche aussi vite que je peux dans les ruelles encombrées, entre les surplis brodés, les tricots à torsades, certains suspendus de chaque côté de la vitrine comme

des drapeaux. Voici la place aux calèches. Le barbe
gris est toujours là, prostré, l'encolure basse, le
cocher gominé me jette un regard d'assassin.
J'avance, c'est la jetée. Je passe devant un caïque
amarré, le pont jonché de coussins. Un écriteau
posé sur la passerelle propose, en trois langues, le
tour de l'île au clair de lune, on peut, on *doit* louer
ses places dès maintenant, le propriétaire du caïque
vous y incite, quick, schnell, vite, il essaye de me
séduire, je crie non merci d'un ton rogue. La lune,
j'espère bien que nous n'accueillerons pas ici sa
bonne tête adamantine et les jardins d'étoiles on
s'y promènera plus tard, quand nous aurons trouvé
un port, une baie dignes d'elles, quand. J'aperçois
le chapeau bleu de Clara, ses lunettes bleues et
celles toutes rondes de Jean-Loup. Qui est avec
eux? Une joie brusque me monte au cœur, pulvérise ma colère, me cloue sur place. Qui est là,
assise à leur table? Elle boit un jus de fruit. Son
cou renversé. Je m'approche lentement, je fais
durer la surprise. A ses pieds un petit sac kaki,
c'est une voyageuse au bagage sans importance.
Ses chaussures de tennis, son pantalon blanc, son
T-shirt blanc et dessus rien, rien de ce qui se fait,
sujet de bande dessinée, fleurs psychédéliques,
lettres en rosace, elle pousse le goût du mystère,
de l'innocence jusqu'à son T-shirt. Jill d'Epidaure,
Jill from everywhere. Ses cheveux blond fraise.

Ce soir, ils me font penser au plumage du flamand. Sa bouche neuve, le sang sous sa peau, son nez un peu trop charnu, un peu trop rond, ses narines qui bougent, qui rient, son regard d'animal songeur. Alors Clara, dans un souffle :

— Qu'est-ce que je t'avais dit?

En dépit de ce qu'imaginait cette carne de Miss Ethel, nous ne nous étions guère accordé de tête-à-tête à North Falmouth, Alison et moi. Nous avions eu la chance de nous aimer dès le premier jour mais, par la suite, de très rares occasions de parler. Je connaissais les secrets essentiels de son corps, sa peau, pas son histoire. C'est sur le ferry-boat qui nous transporta du Cap Cod à Nantucket qu'elle me la raconta.

Elle avait perdu sa mère quand elle n'avait que six ans, elle n'en disait pas plus. Son père n'avait pas pris de seconde femme, il s'était consacré à la petite fille intrépide et douce que la première lui avait donnée. Jusqu'à l'âge de dix-sept ans, Alison avait vécu seule avec celui qu'elle appelait my pop, dans le New Jersey, à vingt kilomètres de New York, une grande maison habillée de bois, bien sûr, avec une véranda et un jardin planté d'ifs, de saules pleureurs et de butternut trees, il faut traduire, paraît-il, par noyers blancs, il n'y a pas de noyers blancs en France. Il y avait aussi des magnolias dans le jardin du New Jersey et des arbres dont Alison ne connaissait pas le nom mais dont elle décrivait avec précision les feuilles comme des plumes et les fleurs d'un rose de nacre, j'avais deviné le nom de ces arbres : albizzias, et cela m'enchantait, j'avais eu droit à des albizzias sur l'airial de mon enfance landaise, à des magnolias également. Pour Noël, Alison et son père allaient skier sur une montagne du Canada, je crois, j'ai oublié, tout ce qui touche à la neige, je l'oublie. En revanche je me souviens très bien du lac de ses vacances d'été, Blue Berry Pond, encore dans le New Jersey, et du chalet qu'avait construit de ses propres mains, sur le rivage couvert de myrtilles (myrtille = blue berry) le père de son père, un Hollandais (l'aïeule française et le château de Bloïss, c'était le côté de sa mère). A Blue Berry Pond, Alison et son pop commençaient la journée très tôt et par un bain dans le lac, elle adorait passer du sommeil à l'eau si fraîche, presque froide (elle disait que c'était comme une naissance, que, chaque matin, elle naissait dans Blue Berry Pond). Pendant la journée ils faisaient de la voile, du canoë, glissaient autour d'îles minuscules peuplées de roseaux puis, le soir venant, sous les arbres, près des myrtilles, ils écoutaient les oiseaux, my pop lui apprenait à reconnaître leurs chants, il décrivait leurs habitudes, il me plaisait bien cet homme.

— Vous lui avez parlé de moi, Alison?

— Je lui parle de tous mes amis.

— Vous lui avez dit que nous partions ensemble?

— J'ai dit que j'allais à Nantucket. C'est la première fois que j'y vais.

— C'est tout?

— C'est bien, ce n'est pas un mensonge, il n'en demande pas plus, c'est un bon père.

Pouvais-je être moins *bon* que lui, plus exigeant?

Donc, nous étions sur le ferry de Nantucket, debout, à la poupe. Devant nous, le petit port de Hyannis où nous avions embarqué s'était effiloché en douceur. Un bataillon de goélands nous poursuivait. Leurs ventres d'un gris pâle, leurs ailes plus foncées, assorties aux vagues qui s'écartaient sur notre passage, leurs becs rouges, leurs cris d'affamés. Le voyage durait deux heures et demie, trois heures peut-être, nous avions acheté des sandwiches à la buvette du ferry, ce sont les goélands qui les ont mangés et dans la main d'Alison. Jamais je ne séparerai ces deux souvenirs : le festin des goélands et le récit d'Alison. Sa main tendue entre le ciel et la mer et cette enfance que je ne pouvais m'empê-

cher de comparer à la mienne, ce père qui n'avait
pas voulu remplacer sa mère (mon père est mort
l'année de mes quatorze ans. Une balle perdue,
à un mois de la paix. Maman n'a pas songé à se
remarier). Moi aussi, j'avais glissé en bateau sur
le lac d'Aureilhan et sur le lac de Léon puis au
fil des courants qui se jettent dans l'Atlantique,
on y trouvait des hibiscus plutôt que des myrtilles
et alors? Etaient-ils si différents, ces courants, ces
lacs, de Blue Berry Pond? Je ne connaissais guère
le monde des oiseaux mais, grâce à ma mère, j'étais
renseigné sur les plantes de la dune et de la forêt.
On nous avait instruits de même façon, Alison et
moi, rendus attentifs aux mêmes choses de la vie.
Je la regardais, oiseleur patient et joyeux aux prises
avec ses goélands, distribuant le pain des sandwiches avec équité, chassant un bec trop vorace, en-
courageant une jeunesse maladroite et je partais à
la rencontre de l'enfant Alison, je la voyais allongée au bord de son lac, près de ses myrtilles, contre,
tout contre un homme très grand et blond et tous
deux écoutaient chanter le coucou d'Amérique, la
grive et l'engoulevent de l'été, l'homme très grand
les expliquait. Et je me voyais au même âge, à la
même saison, attendant avec ma mère le coucher
du soleil sur l'Océan, au cap de L'Homy ou à Saint-
Girons. L'épervière était en fleur, c'était, sur le
sable, comme une marée d'or et maman m'entraî-

nait au pied de la dune, près des pins que le fœhn
avait tordus et transformés en serpents géants, elle
me désignait la jasione bleue, le thym rampant,
l'immortelle sentait le curry, je disais : *mon* immortelle.

Et *mon* Alison. Oh, ça battait fort et vite dans
mon cœur et, dans ma tête, quel galop. Toutes ces
correspondances, ces coïncidences, non le destin
ne les avait pas tracées en pure perte. Nous appar-
tenions au même jeu de puzzle, il suffisait de mettre les morceaux à la bonne place, de comprendre :
nous nous étions rencontrés parce que c'était inévitable et nous nous étions aimés parce qu'il s'agissait d'un grand amour. Le chemin de temps qui
s'offrait à nous sur cette île que j'avais choisie entre
toutes irait se fondre dans un autre qui se perdrait
dans un troisième et ainsi de suite. Notre éternité
était en marche quand nous sommes arrivés au port
de Nantucket.

Et voilà, c'est commencé, l'érosion, le bienheu-
reux chambardement. Il y a deux jours, j'étais une
épave, un homme mal dans sa peau, comme on dit.
Et bien fanée la peau, et geignard, en dessous, le
cœur. Aujourd'hui j'ai l'impression d'être purifié,
un supplément de globules rouges est entré dans
mes veines, je respire comme à vingt ans et mes

bras ne seront jamais assez grands pour étreindre
ce don de la vie, de la Grèce (de la Grèce ou de
l'Amérique?), cette jeune fille dont je ne connais
ni le nom de famille, ni l'âge, ni la ville dont elle
vient. Je n'ai pas eu beaucoup de mal cette fois
à la convaincre de se joindre à nous. Etait-elle
déjà résolue quand je l'ai retrouvée? Clara et Jean-
Loup avaient-ils préparé le terrain? Pourquoi
Clara? Parce qu'elle a envie que je sois de bonne
humeur, tiens. Il nous reste encore quinze jours
à voguer sur les eaux grecques, elle les veut par-
faits, ces quinze jours, à l'image du décor qui glisse
autour de nous, pur, immarcescible, c'est tout?
Mais oui, c'est tout pour le moment, je ne vais
tout de même pas m'amuser à décrypter les mobiles
de Clara, ce qu'elle dissimule derrière son sourire,
la flamme guillerette dans ses yeux. Jill est parmi
nous, c'est l'essentiel, je ne veux me concentrer
que sur cette évidence qui me ravit, en presser le
suc jusqu'à la dernière goutte. Elle a passé avec
nous la soirée à Spetsai. Bien sûr, dès son apparition, l'île s'est métamorphosée. L'hôtel-moka,
les maisons cadavériques ont cessé de m'offenser,
je n'ai plus vu que l'allégresse des fourmis qui
s'agitaient autour de nous, quelle affaire leurs
tignasses, leurs déguisements, leur chahut? Nous
avons bu le retzina, dîné, Jill avait faim et soif,
ça m'a plu, les femmes qui chipotent m'exaspèrent.

La dernière bouchée avalée, nous avons embarqué
sur l'Astraldo, le sac kaki a été déposé dans la
cabine inoccupée, merci, Nicole, merci, Arnaud,
vous vous êtes dégonflés, chers chrétiens progres-
sistes, Dieu vous bénit, il faut toujours, sur un
bateau, une place vide, réservée au voyageur que
délègue le destin. Depuis que nous sommes six à
bord, l'Astraldo a changé, le capitaine chante faux,
tant pis et même tant mieux, il chante au lieu de
sacrer, de prédire, à grands renforts de gestes et de
sourcils baladeurs, l'arrivée du meltelm, de hurler,
au rythme d'une comptine, six Beaufort et sept
Beaufort et huit, davantage. Iannis est sorti de sa
torpeur, il ne met plus vingt minutes pour apporter un verre, Jean-Loup ne me considère plus avec
une inquiétude hostile. Ma parole, on dirait qu'il
a embelli. Aidé par le soleil et l'eau de mer, le
blond de sa moustache et de ses cheveux a l'air vrai
et Clara ne m'irrite plus; je ne la trouve ni encom-
brante ni trop pathétique.

Jill n'est pas nue, elle porte un maillot de bain
deux-pièces d'un brun délavé, couleur d'écorce,
et ses jambes sont, comme prévues, moins longues
que celles d'Alison mais aussi solides. Elle a des
genoux ronds, polis, dignes des nymphes et des
déesses du musée d'Athènes et des pieds de sauvage, sans la moindre bosse, le plus petit durillon,
les ongles de ses orteils ne sont pas peints. Mes

yeux se promènent sur ses jambes, plus haut, sur
la vallée de peau entre les deux pièces de son
maillot de bain, sur son nombril : il me semble
qu'il me donne la clef de tout son corps, de ce
qu'elle cache non par pudeur, j'en suis certain,
plutôt par simplicité, elle est exactement comme
je l'ai jugée dès le théâtre d'Epidaure, naturelle,
voluptueusement à l'aise. Sans qu'ils s'en expli-
quent, Clara et Jean-Loup l'ont imitée. Clara
n'exhibe plus ses tétons-grains de raisin, Jean-
Loup ne quitte plus son slip et moi, qui ai toujours
gardé le mien, je suis content. Pour les repas à bord,
Jill enroule autour de ses hanches une cotonnade
qui a dû être rouge, qui est maintenant dans le ton
des voiles de l'Astraldo et le chapeau de toile
qu'elle enfonce jusqu'aux sourcils se souvient qu'il
a été jaune, il l'est encore à l'intérieur de la coiffe,
l'extérieur et les bords sont presque blancs. Tandis
que nous lisons, moi Colette que j'ai apportée
pour l'édification de Clara (elle me reproche
de ne pas m'intéresser à la culture de ses
lectrices), Clara son inséparable best-seller, Jean-
Loup un manuel d'astrologie, Jill, allongée, les
bras le long du corps, paumes en l'air, ferme les
yeux, s'abandonne, s'en va. Comment la suivre?
Je délaisse Colette pour ses bras, son chapeau
blanc et jaune et cet air de fuite qui me
trouble. J'attends qu'elle entrouvre les yeux :

— A quoi rêviez-vous?

— Oh, c'est un truc.

— Quel truc?

— Une méthode pour trouver la paix. Il faut se détendre, respirer profondément, penser à un fruit, un légume, une pierre, on entre dedans.

Elle parle bien mieux le français qu'Alison. Où l'a-t-elle appris? Où a-t-elle appris cette méthode d'apaisement qui me donne envie de rire? Je ne ris pas, je ne dis rien, je l'écoute me raconter son voyage immobile à travers un fenouil, c'est doux, glissant, il faut d'abord se poser sur les cannelures externes, ce sont des rails qui vous emportent jusqu'aux feuilles frisées qui couronnent le légume, il faut alors s'imprégner du parfum anisé, il aide à creuser un chemin dans la chair. On creuse sans hâte, c'est de plus en plus doux et pur. Pour parvenir au centre il faut passer sous des arceaux, franchir des cercles, le dernier est un point, dès qu'on l'atteint c'est la paix. Tout à l'heure ou peut-être seulement demain, elle s'attaquera à un abricot, elle l'a déjà fait. Si je le veux bien, elle me racontera la pulpe comme un manteau de velours et le noyau qu'elle saura forer pour atteindre la graine, elle en déchirera la brune enveloppe et se réfugiera dans l'amande blanche et luisante comme la cornée de l'œil, elle saura se replier dans cet œil, s'y lover, s'y dissoudre. Ça me tente de la suivre dans ces équipées? Elle m'apprendra volontiers. D'accord?

— D'accord.

— Qu'est-ce que vous préférez dans la nature?

— Les fleurs, les orchidées surtout.

— Alors allongez-vous, fermez les yeux, respirez, entrez dans une orchidée.

J'obéis. J'aspire l'air de la mer Egée, je le chasse, je ferme les yeux. Derrière mes paupières défilent les orchidées sauvages de la Grèce, celles que j'ai vues, celles que je découvrirai un jour : Ophrys tenthredinifera, elle ressemble à un papillon aux ailes mauves; Ophrys speculum que j'ai trouvée à Rhodes quand nous sommes partis, Clara et moi, à la recherche de mon ancêtre, le faux chevalier de Saint-Jean de Jérusalem. Avec la tache bleu saphir, frangée de velours brun, qui orne son plus grand pétale on dirait un hanneton. A Epidaure croît en avril, quand les amandiers sont en fleur, l'Ophrys aesculapii, je sais que les insectes mâles, les prenant pour leurs belles, y versent leur semence. Jill d'Epidaure est mon Ophrys aesculapii, je ne trahirai pas l'excursion figée et féerique à laquelle elle m'invite, tandis que je gis, paumes en l'air, selon sa méthode d'apaisement, à quelques centimètres de son corps couleur d'ambre ou de thé, sous la bâche de l'Astraldo qui devient notre ciel de lit.

Nous y sommes, Alison, nous y étions enfin sur notre terre promise, les livres de Syracuse avaient dit la vérité et je traitais Melville de menteur, l'allégresse me rend souvent stupide mais quoi? Qu'avaient-ils du Pequod les voiliers et les bateaux de pêche qui se dandinaient dans le port? Pas de voile carrée à leur mât, pas de pavois en fanons de baleine et les marins du ferry-boat ne ressemblaient ni à Ishmaël ni à Queequeg, je rouspétais contre eux, j'étais de si bonne humeur, pourquoi ne voyait-on pas de tatouages sur leurs bras tandis qu'ils déchargeaient les bagages? Et les passagers qui descendaient étaient calmes, convenables, non, ils n'avaient pas voyagé quatre ans, seulement trois heures, les gens qui les accueillaient étaient de la même race, des estivants cossus, les garçons portaient des pantalons de flanelle blanche, les filles des jupes plissées et des cardigans, leurs mères s'habillaient chez Bonwit Taylor, leurs pères arboraient des casquettes de yachtmen, ils se dirigeaient en voiture décapotable ou en taxi vers des hôtels chics, anciennes demeures des baleiniers qui avaient fait fortune cent ans plus tôt, ils dormiraient dans les lits à courtines, sous des couvertures en patchwork, leurs chambres au joli

plancher en pente étaient retenues depuis des
mois, peut-être même depuis l'été précédent et
nous, nous n'avions rien retenu mais nous serions
heureux, c'est toi qui l'as dit. We're going to be
happy. Happy. Le mot est sorti de ta bouche dès
le débarquement, de tes lèvres sans fard, de tes
dents d'Américaine bien nourrie, si blanches, si
fortes, tes dents, et ce mot de happy moi, je te
réponds vingt-cinq ans après, c'était maigre pour
ce qui nous attendait. Comme s'il n'était que ça,
déjà, le type qui marchait à côté de toi, portant
nos valises, la sienne pas mal râpée, la tienne en
meilleur état mais légères toutes deux, des valises
d'apprentis vagabonds, si on les avait oubliées
quelque part, si on les avait perdues, quelle importance? Nous avancions dans le port, les maisons
étaient grises, d'un gris délicat, satiné, comme les
ailes des goélands; il y avait des tavernes pas enfu-
mées du tout, Herman Melville, au contraire,
bien claires, leurs enseignes étaient gaies, un
homard en fer-blanc, une coquille Saint-Jacques
douillettement entrebâillée, un blue fish, c'est le
poisson classique là-bas mais, Alison, toi et moi,
on voulait quelque chose de *Moby Dick,* on voulait la soupe de clovisses dont Ishmaël s'empiffre
à la veille de s'embarquer sur Le Pequod. Et nous
l'avons trouvée, te souviens-tu? Sur un bateau
amarré une fois pour toutes, converti en auberge

et qui s'appelait, non Le Pequod, mais le Skipper. Notre fête a commencé sur le Skipper, nous nous sommes installés sur ce qui avait dû être le pont, une verrière le protégeait des intempéries, notre table était petite, j'étais content, tes genoux étaient contre les miens. Derrière la vitre, je me rappelle, je voyais une jeune femme écoper son bateau, hisser la voile, installer le gouvernail, elle avait des gestes précis, harmonieux, un visage énergique. De toute évidence, elle était ravie du voyage qu'elle allait faire pendant quelques heures, en solitaire, mais moi j'ai dit : la pauvre, je la plains. Tu m'as souri, c'est certain, tu souriais toujours quand je faisais du mauvais esprit ou de l'esprit à bon marché, oh, tes sourires, Alison, quand tu te moquais de moi, ton visage aussi lisse que d'habitude mais dans tes yeux, alors plus bleus que gris, cette brusque étoile. Et j'ai cessé de plaindre la navigatrice solitaire pour m'occuper de nos agapes à bord du Skipper, nous avons appris qu'à Nantucket on appelle les clovisses non clams, comme partout ailleurs, mais quahaugs. D'où venait-il ce mot baroque qui me fait encore aujourd'hui monter l'eau de mer à la bouche? Des Indiens des origines? Je t'ai révélé, je l'avais lu dans un des livres de Syracuse, qu'il n'y avait eu que deux tribus dans l'île. Leurs chefs, un temps, étaient Wauvinet et Autopscot, la plus belle squaw de Nantucket

portait le nom joyeux de Wonoma et Wonoma
était la fille de Wauvinet et la bien-aimée d'Autopscot, son roman d'amour avait droit à un happy
end, un beau mariage sans danses guerrières, ils
étaient pacifiques, les Indiens de Nantucket et
elle était parfumée la soupe du Skipper. Je dégus-
tais l'une et je te racontais les autres, la noce de
Wonoma dans une clairière près du rivage qui
s'appelle, en l'honneur de son père, Wauvinet, j'ai
inventé, pour te séduire, le banquet de quahaugs
et de poissons bleus, de poissons de toutes les couleurs et les chants qui s'élevaient dans un ciel aussi
pur que celui qui baignait la verrière du Skipper.
Ils montaient haut, ces chants de Peaux-Rouges,
à l'assaut des arbres alentour, mon livre m'avait
appris que les chênes étaient immenses à Nantucket au temps de Wauvinet et d'Autopscot. Et tu
m'écoutais avec attention mais sans mot dire, tu
étais trop absorbée par ton banquet personnel, tu
mangeais comme tu nageais, comme tu t'étirais,
comme tu dormais, comme tu. Cet appétit pour
tout ce qui te tentait dans la vie, pour la vie, tu ne
cherchais pas à tricher avec lui, encore moins à
t'y dérober, tu avais pour tes cinq sens (et pour
le sixième) une manière de respect, tu accueillais
le plaisir, tous les plaisirs avec tant de bonne grâce
qu'on ne pouvait qu'entrer dans ton jeu, quelle
faim de toi j'avais en te regardant manger tes

quahaugs. Je ne te l'ai pas dit, je me suis contenté
de finir mon assiette, tu as dû en commander une
autre, je t'ai balancé alors une des platitudes aux-
quelles j'avais recours quand tu me bouleversais,
une niaiserie du genre :

— Notre premier enfant sera une fille, nous
l'appellerons Wonoma ou Quahaug.

Et toi, l'œil étoilé :

— C'est ça, Charles Boyer (tu disais Chasbouillé), mais en attendant cet enfant, si on allait
se baigner?

Et ma faim alors? J'ai protesté :

— Pas tout de suite. D'abord il faut trouver
une chambre.

Tu as dit bon, comme vous voudrez, tu ne faisais pas de caprice, tu savais respecter les choix
des autres, les miens en tout cas, comme ton plaisir, et nous avons quitté l'auberge bateau, la table
si agréablement trop petite, la montagne de coquilles vides dans nos assiettes. J'ai repris nos valises
de vagabonds, nous avons marché. Main street,
Broad street et India street, Liberty street, Pearl
street, Darling street, Rose lane. Oublierais-je
jamais les rues de Nantucket? Est-ce dans celle qui
portait ton nom, Dover street, qu'il y avait un
mûrier? Devant les maisons géorgiennes des trois
fils Starbuck, avaient-ils déjà leurs teintes d'automne les grands érables rouges de Broad street?

Je me souviens de jardins soignés, de haies régulières, d'althéas bleus, de cornouillers aux fleurs d'un blanc de lait, je me souviens de roses, de roses, de roses. Il faisait chaud. Vingt ans avant la mode des pieds nus, tu t'es déchaussée pour sentir la fraîcheur des galets qui pavent Main street, tu devais ressembler à Paulette Goddard dans *les Temps modernes,* une Goddard blonde et moi, sans badine ni melon, j'étais plutôt Charlot que Charles Boyer. On nous a regardés sans indulgence, les autochtones, descendant des Quakers du dix-neuvième siècle, les estivants aperçus dans le port quelques heures plus tôt, faux yachtmen, épouses Bonwit Taylor, enfants en flanelle blanche et en cardigans. Alors j'ai décidé que nous ne resterions pas dans ce village aux allures de ville, nous reviendrions visiter le musée de la Baleine, les églises de bois, le temple grec qui servait de bibliothèque mais notre chambre nous ne la chercherions pas ici, j'ai inventé qu'on nous refuserait partout. Non seulement dans les grands hôtels avec jolis planchers en pente et lits à courtines mais aussi dans les pensions de famille et les hôtels modestes où l'on avait écrit guests sur le porche. Guest = invité, nous n'étions pas invités à Nantucket City. Je t'ai raconté les coups d'œil méfiants qu'on jetterait sur notre couple, on le devinerait irrégulier, on le jugerait choquant, on n'aimerait pas mon

accent français et tes pieds nus, même si tu restais
à la porte, seraient une provocation. Tu ne m'as
pas proposé de te rechausser et je t'ai demandé
de fuir avec moi, sans plus attendre, vers les
fleurs sauvages et le maquis dont je t'avais parlé,
là-bas, plus loin, au cœur de l'île ou de l'autre
côté.

Et nous voici à bicyclette, filant vers l'Ouest.
Sur un écriteau nous lisons Siasconset, prononcez
Sconset, tu me dis ça c'est le message de Wonoma,
la squaw, elle devait parler un indien très pur et
tu me demandes ce que ça peut bien signifier, à
mon avis, Siasconset et Sconset, je te réponds une
bêtise, tu ris et tu t'échappes à vive allure, tu
pédales comme tu nages, comme tu manges,
comme tu. Je te rattrape et je me dis que je pourrais aller ainsi au bout du monde. Devant moi il
y a ta valise sur le porte-bagages, ton dos, tes pieds
nus et tes cheveux qui volent. A droite, à gauche
le paysage espéré, les arbres promis, je te les présente au passage : pins, mélèzes, aulnes, frênes,
petits chênes qui me font penser aux tauzins qui
bordent les ruisseaux landais. Il y a aussi, comme
prévu, des viornes et des sumacs, ils ressemblent
aux arbres peints par le Douanier Rousseau.
J'aperçois des sassafras, je te demande de t'arrêter, ce sont les premiers sassafras de ma vie, nous
nous arrêtons, nous détachons pour mon herbier

des échantillons de leurs trois sortes de feuilles : celles qui ressemblent à des mitaines, celles qui ressemblent à des gants, celles qui ne ressemblent qu'à des feuilles, je suis tout excité. Le chèvrefeuille se promène partout, la vigne vierge est folle, il y a des arbousiers, des myrtilles, comme sur les rives de ton Blue Berry Pond; l'ensemble est dense, serré, violent. De loin en loin une allée amorce sa courbe de sable gris, j'ai envie qu'on pose nos bicyclettes et qu'on se perde dans cette allée, qu'on s'enfonce sous les pins et les sassafras, qu'on respire de plus près le chèvrefeuille, qu'on cueille des arbouses et des myrtilles, qu'on parte à la découverte de la violette-au-pied-d'oiseau et de l'Indian pipe, ou bien qu'on. Mais tu avances, tu pédales. Comme tu nages, comme tu manges, comme. Et je ne propose rien, je regarde ton dos, tes cheveux, je te suis, je pense à notre lit au bout de cette route, à Siasconset, prononcez Sconset.

Et nous y arrivons, nous entrons dans le lieu le plus important de ma vie, nous savons, moi du moins je sais que le plus-que-bonheur se rapproche de moi, qu'il nous sera hospitalier, miséricordieux, ce village paisible, sans Main street, sans Pearl street, sans hôtel chic ni pension de famille à gérant puritain. Les maisons sont, comme celles du port, du gris aile de goéland qui m'enchante, le bois qui les revêt est de cèdre, je l'ai lu. Quand elles sont neuves elles sont blondes, ces maisons, c'est le vent, ce sont les pluies et les embruns qui les ont teintes en gris. A Sconset on accroche des espaliers jusque sur les toits. Ainsi rosiers et bignonias (ou jasmins trompette comme disait maman) peuvent à leur gré envahir le bois de cèdre, escalader les fenêtres à glissière, se promener sur les tuiles qui sont, matière et couleur, identiques aux murs. Hémérocalles et roses trémières se bousculent dans les jardins, s'en échappent, franchissent les haies, les barrières, traversent les rues, s'approchent de la plage. Nous les suivons, nous tirons nos bicyclettes sur le sable. Là, nous attend notre amie, l'églantine-de-mer. Pourquoi irions-nous plus loin? Il est tard, il fait encore chaud, tout à l'heure le soleil se couchera derrière les jardins et les toits envahis de roses. Demain nous chercherons une chambre, notre lit pour ce soir nous l'avons trouvé. Vingt ans avant les hippies, Charlot et sa squaw dorment sur un rivage, les étoiles d'Amérique sont d'une extrême bienveillance et les habitants de Siasconset, prononcez Sconset, d'une discrétion aussi remarquable.

Quand le soleil se hissera au-dessus des brumes qui doublent la mer, j'aurai vécu ma plus belle nuit d'amour. Et toi, tu constateras : we *are* happy.

Cette nuit, quand viendra l'heure de se coucher et que je regagnerai ma cabine, oubliant Clara, ne pensant qu'à Jill qui dormira, séparée de moi par une mince cloison, je fermerai les yeux et je lutterai contre le sommeil pour entrer dans un quahaug, je creuserai sa chair sapide, je troquerai l'Astraldo pour la plage de Sconset. Sur le hublot je verrai croître un buisson d'églantines-de-mer, je retrouverai Alison, ses bras, sa peau, ses cheveux, je les appellerai peau, bras, cheveux de Jill, toutes les îles se ressemblent, les filles de mon genre ont le même goût, la même façon de. Et moi, j'aurai le cœur ardent et sans méfiance de mes vingt et un ans, j'inventerai la fin de la croisière. Quand l'Astraldo sera de retour au Pirée, quand. On trouve de tout dans un quahaug, toutes les saveurs, toutes les espérances.

Le petit port d'Hydra regorge de bateaux. L'Astraldo voisine, à gauche avec un yacht, doté d'un équipage-ruche, à droite avec un cabin-cruiser flambant neuf, peuplé de Français. Les conversations des hommes vont de l'économie politique aux bains de vapeur en passant par toute la gamme des technicités, leur charabia est à la fois gouailleur et docte. Leurs compagnes pépient, gloussent, cacayent, caquettent (mon vocabulaire d'ornithologie n'est pas assez vaste pour évoquer complètement le bruit qu'elles font). Il y a des boutiques de gris-gris et de souvenirs folkloriques au rez-de-chaussée des hautes maisons de pierre qui cernent une partie de la jetée. Les touristes crachés par le paquebot de la ligne régulière lambinent devant les étalages, mais ils ne me dérangent pas comme ceux de Spetsai, on ne leur a pas construit d'hôtels-mokas ni de souricières à étages. Hydra, rocher choisi par les grands pirates de jadis pour y entasser leurs butins, me semble avoir été épargné par le dieu Progrès, pourvoyeur de pacotilles. Ou bien mes yeux sont-ils plus indulgents depuis qu'une nymphe made in U.S.A. fait partie de notre croisière. Fuyant, dès l'abordage, les bavardes du cabin-cruiser, notre quatuor a gravi les ruelles à pic du village, nous sommes entrés, sans demander la permission, dans un cloître puis dans une chapelle à coupole, on y célébrait je ne sais qui ni quoi, un pope psalmodiait, il y avait des cierges dont la flamme, comme l'or des icônes suspendues un peu partout, creusait les tièdes ténèbres. Une demi-douzaine de femmes à fichus noirs nous ont fait signe de sortir. Leurs yeux, leurs mains levées :

indignation, menaces. Nous avons reculé, pris la
fuite, éclaté de rire (le rire de Jill, ses dents mouil-
lées) et poursuivi notre ascension par d'autres
ruelles, des escaliers. Soudain nous avons débou-
ché sur une demeure de cubes, coiffés de terrasses.
A travers une grille, nous avons aperçu une caverne
chaulée, un patio avec un bassin, des plantes échevelées dans des vasques, des sièges et des coussins
de sérail. Des valets en vestes blanches, col Mao,
s'affairaient, disposant un peu partout dans ce
décor à la fois précieux et barbare, plateaux, bouteilles, shakers, seaux à glace, assiettes colorées et
alléchantes.

Gandoura immaculée, soyeuse barbe rousse,
un homme encore jeune (mon âge? celui que m'oc-
troie Clara?) leur donnait des ordres en anglais
(son accent je l'ai reconnu aussitôt, était celui
d'Alison). Il nous a vus, nous a gratifiés d'un sourire, j'ai cru qu'il nous dirait mais entrez donc,
soyez les bienvenus. Clara a pensé la même chose.
Dans sa longue robe verte, avec sa capeline rétro,
fleurie de roses en étoffe, elle était la statue même
de la convoitise. Je pouvais lire sur son visage
hâlé, derrière ses lunettes bleues, le scénario du
film qu'elle désirait jouer illico. Elle commence-
rait par des compliments sur le décor entrevu, le
sourire réservé de Barberousse s'élargirait, une
conversation s'engagerait des deux côtés de la

grille. Très vite, Clara lancerait le nom de son ministre, ceux de quelques élus du Jet Set, comme elle dit et auquel elle s'imagine appartenir parce qu'elle ne rate pas une occasion d'en parler dans son magazine. Membre dévot de cette secte qui brave les races et les frontières, son interlocuteur annoncerait que, justement, il attendait Dicky, Luchino, Barbara et Luis. Peut-être même Ada et Paul — s'ils avaient pu quitter à temps Mykonos ou Spetsopoulai. La grille s'ouvrirait à deux battants. Clara présenterait au maître de céans ses compagnons de croisière, elle s'attarderait sur mon nom, mon faux chevalier d'ancêtre la fait toujours frémir et hop, le tour serait joué : comme Jill sur l'Astraldo, nous serions les invités de la dernière heure, les plus choyés, nous passerions la soirée, peut-être même une partie de la nuit dans le palais de cubes. Dicky, Luchino, Barbara, Ada et les autres seraient la courtoisie même. Il y aurait des daturas au fond du patio, au-delà du bassin (Clara raffole des daturas, il y en avait dans la villa de son second mari, à Saint-Tropez. Elle parle très bien de leurs fleurs nées du matin et condamnées à mourir au crépuscule, elle a deux adjectifs à la disposition de leur parfum : vénéneux et capiteux). Versés sans répit par les valets en veste Mao, vins et cocktails nous griseraient doucement. Grâce à une chaîne Hi Fi, des airs de bouzoukis s'échapperaient de la caverne luxueuse. Un ton au-dessous de la musique aigrelette et nostalgique, les conversations seraient éparpillées, languides, mondaines, internationales, quel régal, pense Clara.

Sans perdre de temps, notre capitaine en capeline est passé à l'attaque. Dans son anglais pas très correct mais bien timbré (à l'instar des femmes de sa génération elle le doit à des nurses, à des vacances passées dans le Sussex), elle a félicité Barberousse pour son décor, a real paradise. Il l'a remerciée, puis s'est lancé dans quelques considérations banales sur Hydra, la Grèce, sa lumière. Mais nulle proposition n'a franchi ses lèvres au-dessus de la barbe soyeuse. Et même, très vite, tandis qu'il ouvrait sa grille, son regard nous a écartés, repoussés pour voler à la rencontre de gens qui montaient les dernières marches du dernier escalier menant à sa demeure. Antinoüs à moustaches, Poséidons en chemises soigneusement déboutonnées, ils arrivaient par deux, par quatre. On les accueillait, le maître de céans, les valets derrière lui, en langages variés : grec, anglais, italien, français, portugais du Brésil. C'était clair, le real paradise et la fête leur étaient exclusivement réservés. Tant pis pour nous. Pour Clara, malgré son entregent et son élégance. Pour Jill à la gorge ronde sous son T-shirt. Tant pis surtout pour moi, ni Poséidon ni Antinoüs. Ah, si Jean-Loup avait été seul. Il en a fait une tête, le pauvre garçon, mais, bravement, il ne s'est pas désolidarisé de nous.

Alors nous avons descendu escaliers et ruelles, nous avons retrouvé le port. A gauche, après les cafés, les restaurants coiffés de tentes vastes comme des toits, le club privé d'où s'élevait une musique pop, se trouvait une plate-forme abritée de pins francs et décorée de canons en bronze sculpté. Ceux dont s'étaient servis les pirates d'Hydra? Ceux qu'ils avaient dérobés à leurs victimes? Je n'ai pas cherché à savoir. Au large, assez loin, des îles ressemblaient à des icebergs pervenche, à des châteaux flottants. Naturellement, je les préférais au palais de Barberousse. Plonger d'un rocher, sous la plate-forme, abandonner Clara en capeline, Jean-Loup encore tout contrit, nager dans la mer sombre comme du vin en la seule compagnie de Jill, championne de brasse-papillon, cheval marin, accoster aux îles pervenche à la nuit, nous étendre, l'un près de l'autre, prendre dans mes bras ce corps robuste et net, goûter à son sourire, au chemin de peau qui sépare les deux pièces de son maillot de bain, à ses pieds de sauvage, à. Enfin, la connaître tout entière, connaître ce qu'elle cache derrière ses maybe, ses everywhere, quelle ambition, j'en tremble presque, là, assis contre un canon de pirates tandis que, silencieuse, elle écoute Clara et Jean-Loup énumérer

les charmes du palais défendu, tenter de deviner
le nom du propriétaire et comment s'y prendre
pour obtenir, à défaut d'une invitation, une visite
des lieux. Au culot, dit Clara qui se cramponne
de nouveau à son ministre : il y a sûrement, parmi
les élus de Barberousse, un homme qui le connaît,
nous le trouverons dans le port, sur l'un des
bateaux voisins de l'Astraldo, sur le yacht. Laisse-
moi faire, répond Jean-Loup qui pense à la théo-
rie des éphèbes aussi moustachus que lui, aussi
blonds. Il en abordera un après le dîner, les
éphèbes, la nuit, nichent dans les bars, les clubs
privés, facile, et demain. Demain on reste à Hydra,
dit Clara, ça ne t'ennuie pas, Fou?

— Pas le moins du monde.

Rien ne m'ennuie ce soir, tous les projets me
conviennent. Nous quittons la plate-forme, les pins
francs, les îles vers lesquelles j'ai cinglé, cinglé
que je suis, accompagné de mon cheval marin, je
suis redevenu le jeune homme impétueux de Falmouth et de Nantucket. Nous dînons sous une
des tentes en forme de toit. A la table voisine,
les Français du cabin-cruiser parlent pétrochimie
et vapo-craqueurs, leurs compagnes pépient sur
les mérites respectifs de la pornographie et de
l'érotisme, elles n'ont pas peur des détails les plus
réalistes ni des mots les plus crus, c'est le moins
qu'on puisse dire. Je m'en fiche, pour une fois. Je

regarde Jill, cannibale pacifique, dédaignant les instruments d'usage, pince, crochets, faire craquer sous ses dents les cornes d'une langouste, la carapace. Ses dents, sa bouche. Je voudrais être cette langouste.

Un soir (l'hiver dernier? Le précédent?) j'ai rencontré une jeune femme dans un dîner bien parisien — comme dit Clara, sans malice. Théo Z., le psychanalyste dont elle s'est entichée au point d'en faire le confesseur de son journal, était notre hôte, il paraît (toujours selon Clara) que son salon bleu de la rue de Courcelles est le sanctuaire de la pensée moderne. Quel que soit le sujet que lui propose son interlocuteur, Théo, petit homme bombé du nez à l'estomac, le commente sans lui laisser le temps d'y semer la moindre objection, la plus grêle chicane, il assaisonne ses monologues de paradoxes, de citations qui laissent l'assistance aussi bleue que les rideaux, les canapés et les fauteuils de son salon. Quand, par étourderie ou faiblesse ou pour les deux raisons à la fois, j'accompagne Clara rue de Courcelles, j'en sors régulièrement comme d'un engin de parc d'attraction, chenille ou scenic-railway, hagard, la tête en compote et l'âme à sec (à moins que ce ne soit le contraire : la tête à sec et l'âme en compote).

Ce soir-là, la jeune femme, dont l'image flotte en moi, semblait plier comme une tige sous l'ouragan des discours de Théo. Elle portait une robe noire découvrant un cou d'une fragilité qui donnait le vertige (j'ai pensé : un cou de future étranglée) et le triple rang de son collier de perles glissait au creux de salières tout aussi troublantes. Elle se contentait de mettre un peu de désordre dans son assiette, piquait d'une fourchette négligente un petit pois, un grain de riz, une feuille de cresson et portait, de loin de loin, son verre à sa bouche, sans aspirer la moindre goutte de liquide. Je n'aime pas, l'ai-je assez dit? les affamées mondaines mais le cou de la jeune femme méritait que je fisse une exception pour elle et puis ses yeux ressemblaient à ceux de ma mère. Après le dîner où Théo s'était montré particulièrement (et terriblement) disert, tandis que ses invités knock-out regagnaient le salon bleu, elle avait filé, petit lézard en robe noire, et s'était blottie sur l'un de ces sièges qui forment un S majuscule et que l'on nomme tête-à-tête. D'un sac à fermoir d'écaille, elle a pêché un porte-cigarettes en or. Vite, je me suis approché d'elle, mon briquet à la main.

— Vous permettez que je partage votre siège?
— Bien sûr.

Elle m'a souri. De ses lèvres pâles. Par des yeux pareils à ceux de maman.

— Ça ne va pas?

— Pourquoi?

— Vous avez l'air malheureux.

— Oh, ce n'est pas grave. Je suis toujours comme ça dans un dîner.

— Vous n'avez jamais faim?

— Si. Mais pas dans un dîner. Pas quand il y a tout ça.

Elle a eu un geste étriqué qui englobait cependant le salon, les invités éparpillés, les serveurs.

— Je vous comprends. Rien de ce qu'on mange n'a de goût quand il y a tout ça.

Elle a chassé un petit nuage de fumée hors de ses lèvres pâles.

— Au camembert, j'ai toujours envie de mourir. C'est bête n'est-ce pas? C'est effrayant ce que je suis bête.

Son cou était bouleversant. J'ai pensé que, d'une seule main et même pas très forte, on pourrait le briser.

— Mais non, vous n'êtes pas bête du tout. Au contraire vous êtes très judicieuse. C'est vraiment pénible, le moment où l'on sert le camembert dans un dîner de ce genre. Le coup de grâce. En langage tauromachique on dirait : le descabello.

— Ah vous aussi, ça vous.

— Oui, ça me.

J'ai lu de la gratitude dans ses yeux qui ne savaient pas sourire.

— Et maintenant on va servir le café, les liqueurs, tout le bataclan.

— Oui, le bataclan. Et les voix vont monter de tas de décibels. Vous allez de nouveau avoir envie de mourir.

— Je ne sais pas, je voudrais partir.

— Si on partait?

— Qui on?

— Vous et moi.

— Je ne peux pas.

— Pourquoi?

D'un signe de tête elle m'a désigné un homme ni vieux ni jeune, ni gros ni maigre, ni petit ni grand, ni blond ni gris. Seul signe particulier : la mèche de Tintin, comme une demi-vague luisante au-dessus d'un front soucieux. Il venait de réussir une performance de taille : voler la parole à Théo et il baissait les paupières pour mieux s'y cramponner.

— Qu'est-ce qu'il va dire? a dit la jeune femme.

J'ai regardé Tintin, sa mèche, ses paupières verrouillées.

— Que voulez-vous qu'il dise? Il ne vous verra pas? Il a les yeux fermés.

— Maintenant. Mais tout à l'heure?

— Vous arrangerez ça, voyons. Avec le camembert. C'est une excuse magnifique, le camembert. Allez, on y va?

Elle a constaté que Tintin ne se décidait pas à interrompre son débit. Alors elle a éteint sa cigarette, rangé la boîte en or dans son sac, fait claquer le fermoir doucement, soigneusement comme si ce bruit minuscule allait couvrir le charivari des voix environnantes et les yeux de maman se sont posés sur moi, élargis, fébriles :

— On y va.

Nous nous sommes levés du tête-à-tête en même temps et nous sommes restés une seconde de plus, immobiles, à surveiller nos gardiens respectifs. Aucun danger immédiat. Face à Théo provisoirement vaincu, Tintin, toujours aveugle, prolongeait sa péroraison. A l'autre bout de la pièce, une main sur son verre ballon, l'autre dans sa poche, un gros, coiffé comme Beethoven, semblait réciter un poème à Clara : elle avait le même visage éperdu qu'elle offre au soleil. J'ai murmuré : c'est le moment, et nous nous sommes retrouvés devant le vestiaire, la jeune femme et moi. La préposée a froncé le sourcil, je lui ai tendu un billet. En un clin d'œil elle nous a remis nos manteaux, celui de la jeune femme était en vison noir. Je n'ai pas attendu que la dame du

vestiaire l'aidât à l'endosser ni qu'un maître d'hôtel qui croisait par là nous ouvrît la porte. J'ai
tout accompli moi-même et avec quelle prompti-
tude. Une fois sur le palier, j'ai pris le bras de
ma kidnappée volontaire et tout s'est déroulé
comme dans un film au scénario sans accroc :
l'ascenseur nous attendait, il était rapide; le hall
d'entrée, pourtant dallé de marbre, n'a pas
résonné sous nos pas; la minuterie n'a pas fait
des siennes et la porte cochère a obéi au premier coup de sonnette. Enfin, rue de Courcelles,
personne n'avait volé ma voiture que j'oublie
souvent de fermer à clef et c'était le cas ce
soir-là.

— Sauvés, ai-je dit à la jeune femme.

Malgré les rumeurs de la ville, la nuit m'a parue
douce, consolante. La jeune femme a respiré
l'air empesté de vapeurs d'essence comme si c'était
celui de l'océan. Je lui ai ouvert la portière de
droite, elle s'est blottie sur le siège à côté du mien
comme un peu plus tôt sur le tête-à-tête de Théo
et elle a remonté le col de son manteau jusqu'à ses
joues, son cou a disparu. J'ai pris sa main dans
la mienne, je l'ai posée sur le volant puis j'ai répété
on y va. Elle n'a pas dit où? On n'allait qu'ailleurs,
loin du camembert, de Théo, du sanctuaire de la
pensée moderne. On a roulé. Simplement roulé.
Au hasard. Rive droite. Rive gauche. Des ave-

nues, des rues, des ponts, des souterrains aux
lumières soufrées qui nous donnaient des teints
de spectres. Des squares et des places dont nous
faisions le tour lentement, deux fois, davantage.
Pourquoi lui aurais-je dit et si on allait boire un
verre quelque part? Elle n'avait pas soif, j'avais pu
m'en rendre compte à table, et quelque part c'est
toujours, c'est encore du bruit, des voix, des mots,
nous ne voulions pas de mots. Ni l'un ni l'autre.
Nous nous contentions du ronronnement de la
voiture, de ce paysage de rues éclairées ou sombres,
peuplées ou vides, qui se dépliait devant nous, à
côté de nous. Nous étions bien, dans ce territoire
ambulant, sans but, les autres, les bavards, les
ennemis lâchés, perdus, au bout du monde. Je
n'avais qu'un seul projet : garder, tant qu'elle le
voudrait bien, sa main comme un caillou frais
sous la mienne, contre le volant. Trois ou quatre
fois, la jeune femme me l'a enlevée pour cueillir
la boîte en or dans son sac. Je poussais le bouton
de l'allume-cigarettes. Un œil rouge s'allumait
dans la voiture, un petit nuage de fumée sortait
de la bouche pâle. Au bout de combien de temps
a-t-elle bâillé? Je ne sais pas, je n'ai pas regardé
ma montre mais, penché sur elle, j'ai vu des cernes
sous les yeux qui m'avaient accaparé toute la
soirée, je lui ai aussitôt proposé de la raccompagner
chez elle.

— Vous avez sommeil, il faut que vous alliez dormir.

— Vous avez raison.

Elle avait un appartement à Boulogne. Un quartier que j'ai bien connu puisque Diane, ma sœur, l'a longtemps habité. C'était alors une sorte de village avec des maisons blanches, des volets verts, des jardins, des grilles, des haies de fusains ou de lauriers, des glycines et, plus loin, des villas dignes du vieux Deauville, encombrées de tourelles et de balcons de bois. Chaussées de souliers à semelles crêpe, des dames y promenaient leurs teckels dans des allées tranquilles, à l'abri des bolides qui se dirigeaient, moteur retenu, vers l'autoroute de l'Ouest, laquelle n'était pas encore nantie de toboggans ni cernée de terriers monstres. Entre deux cours à son lycée, Diane s'échappait vers le parc réservé aux serres municipales. Souvent, je l'accompagnais. Dans la plus grande serre il y avait des arbres exotiques, des perruches, des poissons rouges, une passerelle de bambou. Dans les autres, des buissons de fleurs réservées aux massifs et aux réceptions de nos édiles, des orchidées, par bataillons. Les temps modernes avaient cogné, taillé dans le Boulogne de Diane. Une voie expresse passait devant les serres municipales, qu'en pensaient les perruches et les poissons rouges près des arbres exotiques? Il restait encore deux ou trois villas à la Deauville, quelques maisons aux volets campagnards mais, pour le reste, c'était la cage qui régnait, des paquets, des rangées de cages en verre, de clapiers translucides. Devant l'un d'eux, la jeune femme a fait un signe :

— C'est ici.

J'ai arrêté la voiture, je suis descendu pour l'aider à sortir. Elle m'a tendu la main que j'avais gardée sous la mienne pendant toute notre étrange promenade.

— Bonne nuit, merci.

— Merci de quoi? Soyez prudente. Supprimez de votre vie les dîners en ville, le camembert.

Elle a ri. Des lèvres toujours mais peut-être aussi, enfin, des yeux (en tout cas, je l'ai cru). Son manteau s'est entrouvert quand j'ai poussé, pour qu'elle entrât chez elle, la porte en verre de son clapier en verre. J'ai revu le cou si fragile, une sourde peur m'a saisi, j'ai répété.

— Soyez prudente.

— Ne vous en faites pas pour moi.

J'aurais voulu toucher son cou, je l'aurais exorcisée, il me semble, je me suis contenté de frôler sa joue d'un doigt paternel.

— Suivez mon conseil.

— C'est promis.

Au long de ces heures dont je n'avais pas fait

le compte, je n'avais appris que peu de choses
sur ma future étranglée. Elle était mannequin.
J'avais corrigé : dites modèle, ça vous convient
mieux. Son nom était Anne-Marie mais, dans la
maison de couture où elle travaillait, on l'appelait Pussy. Plus pimpant, plus mode, c'est sûr.
Et Tintin, facétieux, disait, paraît-il, Pussy Cat.
Il était généreux, très généreux, c'était de lui le
vison noir, le collier de perles, la boîte en or. Et
l'appartement dans le clapier en verre. Alors elle
pouvait bien faire l'effort de l'accompagner dans
ses dîners, il affirmait qu'ils lui étaient indispen-
sables, il était député quelque part dans l'Est ou
le Nord, j'ai oublié.

Bien sûr Clara n'a pas apprécié mon exploit.
C'est elle qui employait ce mot d'exploit, elle disait
aussi : équipée, aventure (comme on sait, elle est
friande de vocables clinquants, sans rapport avec
la réalité). Elle m'a dit que le député s'était conduit
comme un gentleman quand il avait découvert la
disparition de la jeune femme, il l'avait excusée.
Elle est si sauvage, un petit chat, je l'appelle Pussy
Cat. En revanche Théo n'avait pas caché son mé-
contentement à Clara. Ma chère, quand on vit
avec un déserteur, on le laisse à la maison, ou bien
on l'enchaîne. Ou on le fait soigner. Dame, un psychanalyste. Je n'ai, du moins, pas reçu le conseil de
prendre rendez-vous chez lui. Mais Clara n'a pas

facilement avalé l'exploit, l'équipée. Au contraire, elle en a fait son refrain favori pendant des mois.

C'est au printemps dernier, pas au précédent, que j'ai appris par les journaux le suicide d'Anne-Marie Pussy Cat. Elle s'était jetée, une nuit, du balcon en verre de son appartement, tout en haut du clapier. Ainsi, mes pressentiments n'avaient été qu'à moitié inexacts : on ne l'avait pas étranglée, on l'avait contrainte à se fracasser. J'ai rêvé sur son cou, ses salières, sa robe noire, ses yeux de biche à l'hallali, sa main comme un caillou frais dans la mienne. Ça m'a fait assez mal. Un peu plus qu'assez : vraiment. Pauvre Anne-Marie d'une promenade nocturne, pauvre Pussy Cat, elle n'avait pas suivi mon conseil. C'était la faute de Tintin, député dans le Nord ou dans l'Est, des dîners qu'il lui imposait en échange de boîtes en or et de colliers de perles. Et par voie de conséquence, c'était également la faute de Théo. Mais ça, je ne l'ai pas démontré à Clara, elle aurait pris cette évidence pour une pierre dans son jardin. J'aurais eu droit à sa classique indignation. Toi et ta mauvaise foi.

Comme prévu, nous sommes encore à Hydra. Tout à l'heure, en face de la baie où nous avons

jeté l'ancre, sur un rocher brûlant, couleur de pain,
j'ai trouvé l'immortelle à pompons jaunes qui
embaume le curry, c'est la sœur de mon immortelle
landaise, celle de mon enfance, j'en ai offert un
bouquet à Jill, un autre à Clara, je n'ose m'avouer
ce que je ressens. Nous venons de déjeuner, Iannis
a enlevé nos assiettes mais nos verres sont encore
là, Clara les remplit de retzina dès qu'ils sont vides.
Elle a entamé une petite séance de psychanalyse.
De sa voix la plus feutrée, les yeux gourmands,
elle tend des perches, sollicite des aveux, qui mor-
dra le premier à l'hameçon?

C'est Jean-Loup. Il raconte son enfance à Nègre-
pelisse dans le Tarn-et-Garonne, où ses parents le
laissaient quand ils partaient pour l'Afrique, son
père avait un négoce au Gabon. Sa grand-mère l'a
élevé, une femme violente, courte sur pattes, dodue,
il l'appelait Kiki. Elle avait une passion pour lui,
le serrait contre elle à l'étouffer et, pour l'endor-
mir, le berçait de rengaines d'opérette, de mélodies
de Reynaldo Hahn. Elle aurait voulu, dans sa
jeunesse, monter sur les planches mais sa famille
l'en avait empêchée. Une saltimbanque à Nègre-
pelisse, quel scandale. Alors, elle avait dû se
contenter de chanter à l'église pour les mariages
de ses cousins, de ses amis, debout, appuyée à
l'harmonium, l'*Ave Maria* de Gounod. Elle était
aussi la vedette des ventes de charité, des revues

locales, celle de Noël, celle du 15 août, on l'avait
surnommée, prétendait-elle, le Rossignol de Nègre-
pelisse. Jean-Loup a dit qu'elle ressemblait plutôt
à un vautour, il a décrit sa poitrine comme en fer,
ses bras comme des étaux quand elle le serrait
contre elle, ses ongles sur sa nuque de petit garçon
et son soprano si aigu qu'il le confondait, dans ses
souvenirs, avec les clameurs qu'elle avait poussées
le jour où ses parents l'emmenèrent avec eux au
Gabon. Elle voulait tuer son gendre, elle lui avait
lacéré le bras de ses serres de rossignol-vautour.
C'est sûrement à cause de cette Kiki, de cette grand-
mère possessive et brutale que tu es ce que tu es,
décrète Clara. Et c'est sa faute encore si tu as un
penchant pour les hommes genre ours comme
Constantin, le chauffeur d'Epidaure.

— Sans blague? dit Jean-Loup.

Clara poursuit ses explications. Dégoûts et dé-
lectations se confondent pour forger un être; les
serres des oiseaux de proie produisent le même
effet que les griffes des ours. Elle est catégorique,
impayable, j'imagine le gros Constantin avec sa
casquette rouge et jaune, il chante l'*Ave Maria* de
Gounod, j'ai envie de rire, je regarde Jill, guette
son sourire de joli hibou. Elle est d'un sérieux
déconcertant, elle a gobé la confession de Jean-
Loup, l'analyse de Clara avec la tête d'une élève à
un cours passionnant, d'un juré consciencieux à

un tribunal. Clara s'en rend compte, elle pavoise,
sa voix baisse d'un ton, elle demande à Jill comment
sont ses parents.

— Ils sont bien, dit Jill.

— Vraiment? insiste Clara. L'un d'eux ne l'a-
t-il pas marquée? N'a-t-elle pas un jour été effrayée,
blessée, incitée à la fuite? Après tout une jeune fille
qui se promène seule, en Grèce, à son âge, c'est
quand même, c'est.

— Bien, répète Jill.

Alors, pour l'aider, Clara se met en scène, raconte ce que je sais déjà par cœur, son chagrin
d'avoir été fille unique et gâtée plutôt qu'aimée,
éternellement confiée à des nurses, des gouver-
nantes. Elle s'attarde sur son père, riche propriétaire normand, un oisif, il n'aimait que la chasse.
Et sur sa mère, sujette à des maux imaginaires, toujours couchée. Ils sont responsables de ce besoin
d'activité qui la taraude, de ses idées modernes,
ils vivaient comme au siècle précédent, attachés
à des valeurs, des systèmes périmés, pourris. Je
ne peux m'empêcher, quand elle évoque ses parents,
de les comparer à la famille Grégoire de *Germinal*,
une odeur de brioche sortie du four flotte sur ses
considérations comme sur le premier chapitre que
Zola consacre à ces demeurés. Une fois même je
l'ai taquinée : elle n'avait du moins pas subi le sort
de la grasse Cécile Grégoire avec sa robe de soie,

son manteau de fourrure et la plume blanche à son chapeau. Il ne s'était pas trouvé de vieux Bonnemort à la face tatouée de charbon, aux lourdes mains assassines pour lui briser le cou. Est-ce l'évocation de cette scène insoutenable? La plume ridicule au chapeau de Cécile Grégoire? Je crois plutôt que c'est l'adjectif : grasse. Clara m'avait foudroyé. Son regard : du napalm. Tu te crois drôle, Fou? Jill et Jean-Loup accueillent respectueusement le père chasseur, la mère couchée, la fille moderne. Ni l'un ni l'autre, je pense, ne songe à Zola et nous arrivons au passage le plus émouvant de la vie de Clara Bernis : elle est bréhaigne. Au début de notre liaison, elle disait : je suis stérile. Un jour, je lui ai fait remarquer qu'une femme de son importance avait droit, même dans l'infortune, à un terme plus précieux. Là, elle ne m'a pas foudroyé, elle m'a seulement balancé un : tu es insupportable, ruisselant de tendresse. D'où son complexe maternel. Ses deux maris, les autres hommes de sa vie avant moi, elle les considère tous comme ses enfants, leur téléphone régulièrement, célèbre leurs anniversaires, s'occupe de leurs états d'âme et de leurs problèmes (elle fait une consommation démesurée de ce mot en vogue, appuie sur l'accent grave, problèèèème, ça m'agace assez, comme quand elle dit crèèèème). Elle entoure de soins identiques ses collaborateurs, ses secrétaires.

Pendant longtemps, elle recevait elle-même les
lectrices qui lui écrivaient au journal pour exposer
leurs cas, leurs difficultés, demander un conseil.
Bref, à toute occasion, à tout instant, elle se sent
Déméter, Gaïa, la Terre, mère du genre humain,
elle a des ailes infinies, un besoin de couver au
moins aussi impératif que son besoin d'agir. Sa
voix n'est plus qu'un murmure quand elle lâche
cette ultime confidence, un filet qui se brise (artis-
tiquement) sur un petit sanglot sec.

C'est à moi, je le sens. Oui, mon tour est venu.
Fou doit entrer dans la danse, lâcher quelques
détails personnels, une peur, une peine, un visage.
Ne serait-ce que pour décider Jill à en faire autant,
à secouer les brumes qui entourent sa tête de
strawberry blonde. Je réfléchis. Qui vais-je conjurer
sur l'Astraldo? Quelle ombre de ma vie? Quel fantôme important? Ma mère? Certainement pas.
Notre complicité, ses foucades, son indulgence
pour les miennes, nos vagabondages sur les dunes
des Landes, sa passion éclairée pour les courses de
taureaux, nos voyages en Espagne, l'atroce mala-
die qui me l'a enlevée il y a six ans, tout cela
n'appartient qu'à moi. Je ne parlerai pas non plus
de mon cavalier de père, il ne se livrait qu'à ses
chevaux favoris, les encourageait dans un langage
intraduisible, brèves mélopées, sifflements si doux
que l'animal, envoûté, planait au-dessus de l'obsta-

cle comme un cerf-volant. Sa mort de soldat ne
m'appartient pas. Quant à Diane, ma sœur que
j'appelle mon frère, elle restera où elle est, derrière
le rempart des livres que nous avons lus, enfants,
adolescents, plus tard, sa place n'est pas sur
l'Astraldo. Alors, Alison?

Non, je ne trahirai pas mon Alison L. Dover,
elle est trop vivante en moi, trop présente, surtout
depuis quelques jours. D'ailleurs je ne supporte pas
la tête que prend Clara quand je l'évoque devant
elle. C'est ma faute, j'ai été imprudent, je ne lui
ai pas seulement raconté le camp de Falmouth,
Miss Ethel et après, Nantucket, le versant de lumière. Comme ses maris et ses amants, je me suis
laissé prendre à la toile qu'elle a, maternelle arai-
gnée, tissée autour de mes sautes d'humeur et de
mes mélancolies. Sans tout avouer, j'ai livré un jour
ceci, un autre jour cela, confié un détail, un autre
et elle a reconstruit le second versant, le noir. Parfois quand je suis gai et ça m'arrive encore, je *peux*
être content, distrait, elle s'imagine que je suis
guéri et que c'est son œuvre, elle rayonne, oh
modestement, avec tact, mais aussitôt je bous, je ne
sais qu'inventer pour lui prouver le contraire, je
lui cherche querelle pour un rien, je deviens cin-
glant, odieux. Pas de ça ici, maintenant. Jill ne
comprendrait pas, elle serait gênée, elle s'éloignerait de moi. Si quelqu'un peut, sinon me guérir,

tout au moins m'apaiser, c'est elle. A cause d'elle et de ce qu'elle me permet d'entrevoir je veux chasser ce qui me hante, me maintenir en eau calme. Pourvu qu'il soit sans gravité, je ferai n'importe quel récit, alors? Je me creuse la tête. Ça y est, j'ai trouvé. Mon ancêtre, Foulques Iᵉʳ. Il amusera Jill, je parie, ce séduisant imposteur, je raconterai ses croisades imaginaires en compagnie de Hélion de Villeneuve et de Dieudonné de Gozon. Je les raconte. Je prends garde à ne pas oublier notre déception à Rhodes et même j'insiste dessus, je m'attarde avec complaisance sur la réaction de Clara, sa stupeur et la phrase dont je me suis moqué : ne le dis à personne. Clara hausse les épaules, Jean-Loup ne sait pas s'il doit rire, elle lui en voudra, il ne veut pas lui déplaire, il reste silencieux, les yeux ronds, la bouche ouverte sous sa moustache oxygénée. Jill, en revanche, est ravie :

— Vous n'avez pas un portrait de lui par hasard? Vous lui ressemblez à ce drôle d'homme?

Mon succès m'emballe, je vais suivre l'exemple du mythomane qui me le vaut :

— Non, je n'ai pas son portrait, je n'ai que sa statue. En face de mon lit, à Paris. Je lui ressemble énormément.

Clara n'a pas le temps de protester, Jill s'est lancée. Elle raconte son trisaïeul, un puritain à favoris, à redingote noire, il était missionnaire en

1850, par là, il voulait convertir les Indiens Choctaw, elle croit qu'il est mort percé de flèches. Elle raconte pour Jean-Loup sa grand-mère, on l'appelait Belle. Veuve à l'âge de vingt-cinq ans, Belle avait entrepris, pour se consoler, le tour des Etats-Unis, dans une voiture qui ressemblait à celle de Bonnie et Clyde, elle portait des knickerbockers et couchait sous la tente. J'applaudis à cette Belle extravagante, elle vaut bien Foulques I⁵ʳ. Mais Clara n'est pas satisfaite. Elle insiste :

— Et tes parents? Ta mère? Tout allait bien entre vous?

Jill n'a pas l'air d'avoir entendu la question. Elle a bien voulu nous présenter son trisaïeul missionnaire, les Indiens Choctaw, leurs flèches mortelles, la jeune grand-mère en knickerbockers (c'est d'elle, je suis sûr, qu'elle tient ses cheveux roses), conduisant sa Model A ou sa Model T à travers les pistes du Far West, le désert du Névada, passant sous l'arche creusée dans le plus grand séquoia de la vallée des Yosémites. Mais maintenant c'est fini, le sphynx en maillot couleur d'écorce s'allonge sur son matelas, à l'ombre de la bâche. Paumes en l'air, paupières fermées, elle a quitté trisaïeul, Indiens, grand-mère et séquoia géant pour se glisser dans son fenouil ou son abricot, pourquoi pas dans les immortelles odorantes que je lui ai offertes tout à l'heure? Ça me plairait, je saurais l'y rejoindre,

je m'étends auprès d'elle, le silence est lourd. Clara
est déçue, presque mortifiée, elle est couchée sur le
ventre, elle se redresse sur un coude, allume une
cigarette, exhale la fumée avec un long soupir. Et
Jean-Loup constate dans le sabir de notre époque :

— Ce pot, Jill. Elle était démente ta grand-mère.
Vachement sympa, ses knickerbockers. C'est pas
Kiki qui en aurait porté. Ça colle pas avec l'*Ave
Maria* de Gounod.

— Que tu es honnête, Jean-Loup, dit Clara
dans un second soupir, assez rageur. J'adore les
gens honnêtes.

J'en déduis qu'elle ne m'adore pas. Pour le
moment. Je lui ai démoli sa séance, son exper-
tise, sa plongée dans les eaux souterraines de Jill.
Je ne vaux rien. Rien de rien. Le pire est que ça
m'amuse. Vachement, comme dirait Jean-Loup.

Jill ne nage pas comme Alison, son style est
moins pur, plus violent. Aussi calme que vigou-
reuse, Alison traçait dans l'eau un sillon régulier.
Jill pratique surtout la brasse-papillon, on dirait
que, par syncopes, elle arrache à la mer sa tête
d'or rose, ses bras, le haut de son buste : c'est un
dauphin ou non, tiens, davantage un cheval marin.
Je parie qu'elle est aussi cavalière, je le lui deman-

derai à l'occasion, je lui parlerai de Marinette, ma jument baie, de sa gaieté quand elle aborde l'obstacle, quand elle passe une rivière, j'inviterai Jill à la monter à Barbizon, par une aube aux teintes de création du monde. Je les vois d'ici, l'une sur l'autre, complices, animées du même allant, sautant oxers, haies, rivière sur le parcours de ma société hippique. Puis je louerai un cheval ou bien j'emprunterai celui d'un ami et nous galoperons sur les pistes de Franchart, botte à botte, entre les bruyères, les bouleaux, les pins, nous nous suivrons sur les sentiers filiformes, dans le chaos des rochers. Je lui dirai : après la Grèce, voulez-vous venir avec moi, en France? Me répondra-t-elle, comme le soir de notre rencontre à Epidaure quand je l'ai invitée à nous rejoindre sur l'Astraldo (et son sourire sera aussi flou que moqueur), maybe, why not? Peut-être? Eh bien, je me contenterai de ce peut-être, toute graine d'illusion est bonne à semer, je lui ferai pousser des racines, elle fleurira d'une façon ou d'une autre, j'imaginerai les jambes de Jill sur les flancs de Marinette, ses dents serrées à l'approche de l'obstacle, son regard. Mais rien ne presse, nous sommes sur la mer Egée, captifs privilégiés de l'Astraldo et des îles où nous choisissons de nous arrêter. Aujourd'hui s'appelle toujours le bel aujourd'hui, ce n'est pas moi qui l'ai inventé. Chaque minute, depuis

que j'ai retrouvé la strawberry blonde à Spetsai,
pèse son juste poids d'enchantement, il ne faut rien
en soustraire, je dois vivre le présent avec autant
de feu que de vigilance, Barbizon est loin, les
rochers de Franchart ne sont pas ceux de la Grèce,
Marinette est au vert, dans un pré. Comme son
maître elle peut attendre.

Qu'ils étaient laids, tous deux, mais qu'ils étaient
accueillants et bons et qu'ils s'aimaient. Mr et
Mrs Glock. Lui, James, elle disait Jim, plus souvent Jimmy darling. Elle, Abigail, il disait Abi,
plus souvent encore Abi dear ou Abi love. Et leur
maison minuscule sur laquelle s'enlaçaient un
rosier blanc et un jasmin trompette s'appelait
Heart's Ease, le Cœur à l'aise, peut-on donner nom
plus charmant à une maison? Nous l'avons trouvée
le lendemain de notre arrivée à Nantucket, près
de la plage de Sconset où nous avions célébré nos
plus ferventes noces. Alison, bien sûr, mourait de
faim, les quahaugs du Skipper étaient loin, elle
disait : entendez-vous mon estomac crier au
secours? Et moi, j'avais envie d'un toit, d'un vrai
lit, d'une douche. Tu as toujours envie de ce
genre de choses, dit Clara, tu es un Robinson de
luxe.

Quand nous avons aperçu Mrs Glock, elle était sous son porche, près du rosier, elle devait dessiner ou peindre. Mr Glock s'attardait dans le jardin, il avait dû tondre la pelouse, tailler la haie de troènes, arroser les fleurs de la plate-bande, c'était lui le jardinier de Heart's Ease mais c'était sa femme qui en portait l'uniforme : pantalons de toile, vaste tablier bleu, chapeau de paille effrangé et, là-dessous, quelle coiffure, ces cheveux gris coupés au bol, et quels yeux pâles, brillants, deux flammes de gaz. Bien qu'il ne prît à peu près jamais le bateau jusqu'au continent, qu'il allât encore moins à la pêche, Jim Glock avait une faiblesse pour la tenue des matelots, une marinière enserrait son dos et son ventre, l'un et l'autre en demi-cercle. Il avait un regard fureteur, un nez toujours mobile, de longues oreilles duvetées, Jimmy darling ressemblait à un lapin.

— Hello, les enfants, a dit le lapin, où allez-vous comme ça?

— Mon estomac crie au secours, a dit Alison, nous cherchons un endroit où prendre le petit déjeuner, que nous recommandez-vous?

— Les petits déjeuners de Heart's Ease sont fameux, a dit Jim.

Abi avait déjà quitté sa peinture et son porche :

— Soyez les bienvenus.

Quelques instants plus tard, nous étions à leur

table, dans leur cuisine au plafond si bas que je le frôlais de la tête. Et nous dévorions les pancakes arrosés de sirop d'érable par Jim, les toasts beurrés par Abi, les saucisses grillées par Jim, les œufs brouillés par Abi, la confiture faite par Abi avec la rhubarbe du jardin de Jim. Ils nous encourageaient avec autant d'excitation que les joueurs, aux courses, quand ils ont parié sur le cheval qui se détache du peloton :

— Allez-y, Alison.

— Go ahead, Frenchie.

— Ne vous arrêtez pas déjà.

— Encore un peu, voyons.

Nous n'avons même pas eu à parler d'une chambre. Avant la fin du fameux petit déjeuner on nous l'avait offerte, pour aussi longtemps que nous voudrions. Elle était blanche comme le rosier sur la maison et séparée de celle des Glock par un salon meublé de fauteuils en rotin et d'un piano droit. Jim avait couvert les murs de ce salon avec les tableaux d'Abi, de jolies natures mortes où se mêlaient fleurs, fruits, œufs, coquillages, étoiles de mer et branches de varech. C'était peint avec une extrême minutie, autant de relief, j'avais l'impression que, si on secouait tant soit peu ces tableaux, les coquillages dessus s'ouvriraient tout seuls, les œufs s'échapperaient et se casseraient à nos pieds, j'ai fait des tas de compliments,

Alison aussi, de sa calme voix enfantine.

— N'est-ce pas que c'est beau? disait Jim, Abi love est une grande artiste.

Il rayonnait, le lapin en marinière, et la flamme de gaz grandissait dans les yeux de l'artiste. Après les filles cadenassées de Syracuse, les ogresses de Falmouth et Miss Ethel, c'était réconfortant de rencontrer des gens comme les Glock, d'en être adoptés comme si c'était la chose la plus naturelle du monde, à croire qu'ils nous attendaient depuis le début de l'été, le précédent, depuis toujours. Dès que j'ai vu nos vieilles valises sur le plancher de la chambre blanche, j'ai su que tout nous sourierait dans la petite maison dévorée par les roses et le jasmin trompette, la vie y serait comme j'aime, quiète, facile, le bon vertige ne naît que dans l'insouciance, quand la tête est en paix le cœur est à l'aise. Clos comme les œufs peints par Abi, comme l'île de *Moby Dick* où nous étions venus consacrer notre aventure, le monde allait se refermer sur nous, le passé et l'avenir flotteraient à distance, semblables aux algues rouges que nous avions aperçues sur la mer, à notre réveil. Seuls compteraient le présent, l'eau dans laquelle nous nagerions ensemble, les fleurs que nous cueillerions ensemble, les mots que je trouverais afin de m'attacher Alison chaque jour davantage, ceux que je n'aurais même pas à trouver et son corps,

surtout cela, son corps si fort serré, si souvent cap-
turé que je le confondrais avec le mien. Je réalise-
rais une de mes ambitions, non la moindre : aimer
une femme au point de n'exister que par elle.

— C'est pas croyable ce que le confort peut te
rendre lyrique, ricane Clara lorsque, piqué par je
ne sais quelle mouche, l'alcool aidant, j'évoque ce
moment de bonheur vieux d'un quart de siècle.

— Je parle de ma jeunesse, dis-je, la voix sèche,
presque mauvaise, rassure-toi, j'ai bien changé.

Et je laisse tomber. Pas toujours. Parfois, au
contraire, je décide de punir Clara pour son ironie
que je qualifie de lamentable ou d'amère, suivant
mon humeur. Je l'oblige à écouter la suite du récit,
de ce que je nomme, non sans emphase, le temps
de Nantucket, il comporte toute une série d'épi-
sodes, je les lui sers un à un ou en vrac, je ne lui
fais grâce d'aucun détail, surtout si je vois s'attar-
der sur son visage certaine exaspération mêlée de
détresse goguenarde. Je l'étourdis de descriptions,
je fignole, je brode, j'ouvre des parenthèses, je
raconte nos bicyclettes sur les sentiers qui qua-
drillaient le maquis et les chemins qui menaient
à la mer, nos errances à travers les prés, les dunes,
les rivages, je raconte les étangs, les marais, je
soûle Clara de noms de fleurs et de noms indiens,
je fais des inventaires à la Prévert. Laisse-moi te
parler des taillis de Nantucket, Clara, de ses milliers

de buissons, on n'y voyait pas que l'airelle, la myrtille et l'arbouse, j'y ai ramassé, moi qui te parle, la baie-de-perdrix et la baie-de-chevreuil, celle de poulet, celle de coq de bruyère. T'ai-je déjà dit que la menthe sauvage à Nantucket s'appelle oreille-de-lion, j'en ai dans mon herbier, je l'ai trouvée à Madequecham Pond, entre Nobadeer et Tom Never's Head. L'orchidée couleur chair a pour surnom pantoufle-de-lady, la mienne vient de Muskeget mais c'est à Coatue et à Shimmo que j'ai mis la main sur la petite plante jaune baptisée tantôt sagachimi, tantôt kinnickinnick. Et c'est à Miacomet que j'ai rencontré pour la première fois la reine des artémises, le dusty miller. Imagine soudain, à deux pas de la mer, des coussins de feuilles laineuses d'où surgissent autant de crosses fleuries d'or. Et imagine l'Indian pipe, bizarre chose annelée et diaphane, elle a grand besoin d'ombre et d'humidité, on la trouve sous les bouleaux, les sassafras, elle a trois pseudonymes, le premier : plante cadavre, oublie-le, mais souviens-toi des deux autres : fleur-fantôme et fumée-de-fée. Le jour où j'aurai un jardin, j'y planterai des fumées-de-fée.

Clara n'a nullement l'intention de se souvenir, elle se fout de mon jardin, hausse les épaules. Alors, sans pitié, je passe de la flore de Nantucket à sa faune, je m'y cramponne obstinément.

Apprends, Clara, qu'il n'y a ni chat sauvage, ni
porc-épic, ni belette dans mon île favorite. En
revanche, que de chevreuils et que d'oiseaux, en
veux-tu la liste? je la tiens d'Alison. Non, Clara
ne veut pas, elle prétend qu'elle la connaît par
cœur, la liste d'Alison, que c'est mon grand air
le plus bassinant, je n'en ai cure, je récite : le plon-
geon, le grèbe, le héron à crête noire, l'aigrette
américaine, l'oie sauvage du Canada, le canard tout
aussi sauvage. Et l'orfraie, le pluvier, le tournepierre à collier, le courlis. Et l'oiseau chevalier, la
bécasse d'Amérique, la bécassine de Wilson. Je
n'ai, hélas, jamais vu le collier du tournepierre,
le héron ne m'a pas présenté sa crête noire, je ne
sais toujours pas la différence qu'il y a entre la
bécasse d'Amérique et celle des Landes, mais je
ne veux pas que Clara profite de mon ignorance,
qu'elle me pose des colles, alors j'enchaîne, je re-
plonge ou plutôt je me réenvole dans le ciel magique des oiseaux de Nantucket, des oiseaux d'Alison
et je m'attendris sur ceux que je connais : la fau-
vette à gorge jaune, le gobe-mouches qui tapisse
son nid en peau de serpent, et ce cousin hargneux
de la mouette, le tern, qui dépose ses œufs dans
le sable puis agresse celui qui tente de les ramas-
ser, je raconte comment, un jour, un tern m'a
donné un coup de bec sur la joue, j'avais déposé
ses œufs sous un buisson d'églantines. Et je raconte

les oiseaux préférés d'Alison, le chickadee qui doit
son nom à son musical cri de guerre, chik-a-dee,
et le bobwhite qui lance à tout propos ses deux
notes, l'une brève, bob, l'autre longuement sifflée,
whiiiiite. Vient le tour du coucou. Je ne me presse
pas, j'explique : en Amérique le coucou c'est le
catbird, l'oiseau-chat, quel phénomène, Clara,
capable non seulement d'imiter le miaulement du
chat mais encore le bêlement du mouton, le rire des
humains, il imiterait volontiers ton rire, le catbird,
tu entends?

Clara entend, elle plisse les yeux, se mouille les
lèvres, amorce son fameux sourire. Oh, je sais ce
qu'elle va dire, ça ne varie guère.

— Et maintenant, grand botaniste, si tu me
parlais un peu sérieusement de ton ornitholo-
giste, tu ne t'es pas contenté de déposer à ses
pieds le kinnickinnick et l'Indian pipe, d'écouter en sa compagnie (et religieusement) l'oiseau-
chat imiter le mouton. Au bord de votre fameux
Tructruc Pond et dans vos dunes, sous vos
sassafras, vous aviez d'autres occupations.
Alors?

Alors, c'est tout, absolument tout ce qui intéresse
Clara, ces autres occupations. Là, elle n'a pas
peur des détails, aucun ne lui paraît bassinant,
elle est pleine de curiosité pour ma vie sexuelle,
c'est elle qui emploie ce terme, vie sexuelle,

comme si, concernant Alison, vie, seulement ça,
vie ne suffisait pas.

— Allons, Fou, pour une fois, sois gentil,
sois simple, raconte comment vous faisiez l'amour.

Qu'elle m'embête. Combien de fois lui ai-je
répondu : on ne fait pas l'amour, Clara, l'amour
n'est pas une daube, ni une tarte, ni une tapisserie, encore moins un magazine féminin.

— Trouves-en une autre, dit-elle, furieuse.

— Une autre quoi?

— Une autre expression. Aussi claire.

Claire Clara. Je retiens une obscénité. Sans mal.
D'abord je déteste ça. Ensuite ça te causerait une
trop grande satisfaction, exploratrice de vies
sexuelles. Je n'ai pas oublié le jour où, obéissant,
sans doute, à un article dans le vent de ton
magazine, tandis que, couchés sur ton lit noir,
nous dérivions vers d'autres îles, tu as sorti, dans
le dessein de m'encourager sans doute, un chapelet
de noms d'oiseaux. Et tout ce que je puis dire,
c'est que ces oiseaux-là n'avaient rien à voir avec
le tournepierre à collier, le héron à crête noire ou
le catbird. J'aurais dû te battre, faire semblant
de t'étrangler; c'est ce que tu cherchais, j'en suis
sûr, on t'avait signalé, toujours l'article dans le
vent, qu'une certaine violence n'était pas un mal
en amour, que c'était même souvent un bien, du
sel, du piment, tu trouvais que, depuis quelque

temps, notre daube manquait de saveur, les motifs de notre tapisserie devenaient banals, leurs couleurs pâlissaient, tu as cru qu'au fond du gamin quarantenaire et mal consolé, sur lequel tu as mis le grappin, sommeillait une bête avide de mots orduriers. Eperonné par ton grand air à toi, plutôt salace que bassinant, j'allais devenir le surmâle dont l'article te chantait les mérites, quelque reître lubrique, bref, comme on dit en langage de magazine, une bonne affaire. Madame Combien-de-fois, tu t'en faisais des illusions, il ne t'a pas regardée, le reître, il s'est levé en vitesse, rhabillé de même et il t'a laissée en plan, sur ton lit noir, sous le tableau dont tu es si fière, ces grands pieds gris et morts qui lui lèvent le cœur chaque fois que son œil s'égare dans leur direction. Non sans avoir, seule manifestation de violence, claqué la porte de ton appartement design et ça n'a même pas résonné dans ton immeuble en forme de prison.

Mais que m'arrive-t-il? Je me perds, je déraille, j'étais avec Alison, je me retrouve avec Clara, je ne veux pas. Disparaissez, pieds morts, lit noir, sabbat raté, je suis à Nantucket, la journée s'achève, nous rentrons chez les Glock, une brume venue de la mer accompagne le crépuscule, noie les chemins que nous prenons, les jardins d'où s'échappent hémérocalles et lis orange, les maisons de satin gris. Voici, sous son rosier blanc et son jasmin trompette, la maison de notre bonheur, Heart's Ease, voici Abi en tablier bleu et Jim en marinière, ils nous attendent. Hello, les enfants. Entrons dans la cuisine, une soupe de quahaugs fume sous le plafond bas, elle embaume, elle aura le même goût que celle de notre arrivée, dans l'auberge-bateau du port de Nantucket. Mangeons, buvons, que buvons-nous? Peu importe, répondons aux questions des Glock, à toi, Alison, énumère les plantes que nous avons trouvées près de Sesachacha Pond, parle du bobwhite de Coskata, des bains que nous avons pris à Wauvinet, je vois ta bouche, ton cou, j'entends ta voix, tu as de jolis mots pour traduire le plaisir, tous les plaisirs glanés au fil des heures que nous venons de vivre, le temps de Nantucket si fécond que, de là où je suis maintenant, il me paraît immobile.

Passons dans le salon aux meubles de rotin et aux natures mortes peintes par Abi. Les Glock s'installent sur le même canapé, Abi allume une cigarette, un abat-jour terre de Sienne lui donne une tête de vieil Indien. De temps en temps Jim lui chipe sa cigarette, chasse la fumée par ses narines de lapin. Ils vont nous conter Nantucket. Pour Jim c'est une patrie d'adoption, il était instituteur à Rockport, aimable petit port du Massachusetts, quand il a rencontré, quarante ans plus tôt, Abigail Coffin. Elle avait déjà les cheveux

courts et ça l'avait séduit d'emblée, cette coiffure,
cette audace d'une jeune fille silencieuse qui des-
sinait des coquillages, assise sur la jetée de Rockport tandis que ses amies jacassaient en secouant
leurs longues nattes ou leurs anglaises. Et puis une
Coffin, une descendante de la famille la plus
célèbre de l'île la plus célèbre des Etats-Unis,
quelle émotion pour le petit instituteur de Rockport qui rappelait la présence d'un Coffin dans
Moby Dick, Peter, l'aubergiste du Jet de la Baleine.
Jim était aussi fier des ancêtres de sa femme que
de son talent de peintre. Soir après soir, il nous
les a présentés et d'une voix si vibrante, avec des
détails si précis, que parfois, les évoquant à mon
tour, je me persuade que je les ai connus, véritablement, qu'ils nous ont bel et bien rendu visite
dans le salon des Glock. On leur a servi comme
à nous le nightcap rituel, un verre de sirop de
myrtilles, nouvelle spécialité d'Abi, ou l'infusion
aux feuilles de sassafras, c'est une recette indienne,
je crois, pas tout à fait aussi délicieuse que le
voudrait Jim mais, enfin, pas mauvaise. Bon, bref,
il est là, avec nous, Tristam Coffin, propriétaire de
l'île vers le milieu du dix-septième siècle. Et Mary
Coffin Starbuck est là, guimpe austère et bonnet
de quakeresse, on l'appelait the Great Woman, elle
était le Salomon de Nantucket, tranchant dans
tous les litiges, apaisant les querelles en son temps,

le début du dix-huitième, si je ne me trompe,
mais je ne me trompe pas, je n'ai rien oublié de
cette Mary à qui sa descendante ressemble sûrement, c'est d'elle qu'Abi tient sa longue figure
virile, sa clairvoyance. Si, par hasard, une querelle
éclatait entre deux maisons de Sconset, Abi love
en serait l'arbitre, c'est certain. Je la vois rendant
la justice sous l'érable rouge de son jardin ou sous
son porche, près du rosier blanc.

Et je continue de la voir quand Jim raconte
l'histoire de Mary Gardner Coffin, une autre Mary,
une autre great woman, aussi sagace, plus intrépide. Son mari, Jethro, est absent, peut-être est-il
parti à la pêche ou pour affaires, à Salisbury, à
Boston. Mary II est seule avec les enfants, ils
sont huit ou dix, et voici qu'un Indien grimpe sur
le toit de la maison grise (on la visite de nos jours,
c'est un musée). Il se glisse dans la cheminée, le
Peau-Rouge, la nuit n'est pas encore venue, il
pense qu'il a le temps de voler le pain, le lard,
le bas de laine, demain il sera riche, Chevreuil
Agile, et Biche Tranquille sera une squaw bien
nourrie — ce qui est rare, les Indiens sont déjà
misérables à cette époque. O fatalitas, voici que
Mary est déjà couchée, les enfants aussi, ils ont
soupé de bonne heure, le pauvre cambrioleur en
est quitte pour passer la nuit dans la cheminée de
Mary G. Coffin. Je ne saurai jamais comment

il s'est accroché ni à quoi, ce devait être un drôle
d'acrobate mais, enfin, si Mary avait allumé un
feu, se serait-il laissé griller? Je pense à elle, à la
femme seule, mère et gardienne de dix enfants.
Même si elle dort, elle veille, elle a l'oreille fine,
à quoi a-t-elle attribué le bruit léger mais régulier
qui remplaçait le crépitement du feu, à un mètre
de son lit à baldaquin? On me dira ce qu'on voudra : il n'a pu retenir sa respiration toute la nuit,
Chevreuil Agile. Mary s'est-elle imaginé qu'un
oiseau frileux, quelque chevêche, un bobwhite,
avait pris refuge dans sa cheminée? N'a-t-elle, à
aucun moment, cru à un voleur et qu'il pouvait
être armé? C'est faire bon marché de la vertu
principale des femmes : l'intuition, dont je suis
l'humble admirateur. Il paraît, en tout cas, que la
conduite de Mary a été admirable quand, à l'aube,
son squatter l'a bousculée dans l'escalier de sa
maison, il n'y a eu ni cris, ni lutte, ni menace,
peut-être même l'a-t-elle nourri, prié de s'asseoir
à la table familiale, au milieu des dix enfants,
les intrépides ont le cœur vaste. Je rêve à ce cœur,
à la mansuétude de Mary, je la vois offrant au
Peau-Rouge fourbu par sa longue nuit acrobatique
un petit déjeuner aussi royal que celui auquel nous
avons droit, chaque jour, chez les Glock, mon
regard s'attarde sur Abi. Sous l'abat-jour terre
de Sienne, ce teint, ces yeux, mon Dieu, si elle les

tenait de l'Indien de Mary G. Coffin, ses yeux
phosphorescents? Qu'est-ce qui me prend, sale
Français que je suis, esprit pervers, polisson, toujours prêt à barbouiller les gestes les plus nobles?
Comme si elle avait le temps et l'envie de *se payer
un extra,* comme dirait Clara, Mary Coffin de
Nantucket, comme si le brave Jethro, surgissant
dans la cuisine, pouvait jouer les héros de Courte-
line ou de Feydeau, honte à moi. Shame on you,
Charles Boyer, dira Alison, dans un grand éclat
de rire quand, tout à l'heure, je lui ferai part de
mes soupçons.

En attendant ce rire, la soirée se prolonge, le
sirop de myrtilles est inépuisable, combien de
verres en as-tu bu, Alison L. Dover? Je ne me
lasse pas de voir glisser le liquide rose foncé dans
ta bouche rose clair. Jim est un peu fatigué, Abi
vient à son aide, ils parlent en alternance comme
les récitants d'un chœur antique. Autant la voix
de Jim est grêle, autant celle d'Abi est sombre
mais la diction de l'artiste vaut celle de l'instituteur, on ne perd pas un mot de ce qu'ils disent.
Nous voici maintenant, grâce à eux, chez les
épouses des chasseurs de baleines, guettant avec
elles le retour des hommes sur le petit observatoire
qui domine la maison, il porte un nom sinistre :
widow's walk, traduisons par : tour de la veuve.
Et ces épouses s'appellent, comme dans la Bible,

Hepzibah, Hepzibeth, Keziah, Priscilla, Phebe, Loïs. Leurs hommes sont Amaziah, Antipas, Jedidah, Obed, Jared, Uriah. Que lisent Hepzibah et Phebe sur les visages de Jedidah et d'Uriah, quand ils leur reviennent après quatre ou cinq années d'absence, davantage? Comment accueillent-elles ces étrangers parfois aussi ténébreux que le capitaine Achab, rongés par les fièvres, obsédés par des souvenirs de solitude, de sang et de mort? Un Français au nom par trop frog de Crèvecœur est allé se promener dans l'île au temps où ces femmes en étaient les souveraines. Il les a trouvées rudes, dit Abi, et froides, pas coquettes pour un sou, ajoute Jim, tellement autoritaires. Doulce France, désarmant Crèvecœur, ah je suis bien de sa race, aussi frivole, aussi inconscient. Et pourtant cela me plaît qu'elles ne soient pas coquettes, les femmes de mon île chérie, j'aime leurs visages savonnés, leurs pommettes un peu rouges, leurs bouches pâles, je trouve leurs prénoms plus séduisants que ridicules, j'aime la rude Phebe et Hepzibah et Hepzibeth, si froides et autoritaires, l'une et l'autre, et j'aime Deborah Chase, ce colosse, digne de l'Ennemonde de Giono, qui soulevait d'une main celui qui l'importunait et l'envoyait valser par-dessus le toit de sa maison. Mais je préfère encore la femme du capitaine qui refusa de le quitter, embarqua sur son navire à voiles

carrées puis lui donna je ne sais combien d'enfants
en cours de voyage (les nuits sont longues sur un
baleinier), tous nés près de là où croisait le cachalot poursuivi, sur des îlots de corail. Je les envie
ces enfants, je suis jaloux de leurs naissances exotiques. Et je suis amoureux de Lucrezia Mott, à
cause de son radieux prénom, évidemment, mais
aussi parce qu'elle occupe sa solitude à lutter
contre l'esclavagisme et pour les droits de la
femme. Eh, Clara, toi qui me grondes sans cesse
(espèce de phallo, tu n'es qu'un macho), je suis
amoureux de Lucrèce, la féministe. Que dis-tu de
ça?

Clara ne m'entend pas. Pourquoi lui aurais-je
adressé la parole? Je suis toujours là-bas, dans
le salon de Heart's Ease, avec les Glock. L'histoire de Nantucket, c'est fini pour ce soir. Jim s'est
mis au piano, il n'a pas peur des fausses notes
ni des accords incertains, Abi chante, elle a la
voix de Louis Armstrong, que chante-t-elle? Je
ne me souviens que de ses yeux qui luisent sous
les cheveux taillés au bol, de ses yeux d'Indien,
c'est comique mais nous n'avons pas envie de rire,
n'est-ce pas Alison? Pianiste et chanteuse se regardent avec tant d'amour, c'est grave et c'est conta-
gieux, nous nous regardons, je te regarde, jamais
je n'ai regardé une femme ainsi, aussi loin, aussi
profondément. Entre la soirée qui s'achève, peu-

plée de fantômes plus vivants que les vivants et la nuit qui s'avance, notre nuit, dans la chambre blanche qu'on nous a offerte sans nous poser de questions, il y a ce moment lisse comme une plage de plus, où deux êtres qui s'aiment font de la musique et, même si cette musique ne vaut rien, le temps s'arrête, voluptueusement, et moi je n'ai toujours qu'une chose à faire : te regarder, fixer dans ma mémoire ta façon d'écouter, ton silence, tu n'es qu'attente et promesse. Parfois tu tires une mèche de cheveux derrière une oreille, tu cales ton poing sous ta joue, tu croises les jambes, je me roule à distance sur ces cheveux, cette joue, ces jambes, je voyage sur toi de tout mon désir, je me prépare à la chose si sauvage et si douce pour laquelle, n'en déplaise à Claire Clara, il n'y a ni mot ni expression.

Le vrai nom de mon immortelle est Helichrysum staechas. Helix : spirale. Chrysos : or. Reste staechas. La traduction grecque en est : aligné. Pourquoi? Ils ne sont pas alignés, les pompons jaunes de l'immortelle. Il doit y avoir une explication. Hélas, le botaniste que je suis, demeuré simple amateur, ne la connaît pas. Qu'importe. Des spirales, de l'or, cela suffit à nourrir les rêves que

m'inspirent les cheveux de notre invitée, sa peau
et son strabisme de jeune animal serein et mysté-
rieux. Au moment où nous voulions lever l'ancre
pour retourner à Hydra, elle s'est décidée à nous
livrer des bribes de sa vérité. Elle s'appelle Jill
Greenwood, ses parents sont divorcés, ça ne la
gêne pas, au contraire, elle trouve ça très bien.
Ainsi elle a deux toits, deux foyers : l'un à New
York, chez son père, un homme merveilleux;
l'autre à San Francisco, chez sa mère et sa grand-
mère, Belle, la voyageuse dont elle nous a déjà
parlé et qui est toujours aussi jeune, aussi gaie
qu'au temps où elle sillonnait les Etats-Unis dans
la voiture de Bonnie et Clyde. Jill a souvent changé
de collège, elle pense que c'est bien aussi, il faut
voir des tas de gens, avoir des amis dans tous les
coins, elle a beaucoup d'amis pour son âge.

— Quel âge as-tu? a dit Clara.

— Vingt ans, a répondu Jill. Vingt ans depuis
le mois de mai.

Jean-Loup s'est aussitôt emparé de son livre
d'astrologie et, tandis qu'il énumérait les vertus
et les travers des natifs du Taureau, rien que je
ne connusse déjà, Clara nous a pris, happés, la
strawberry et moi, dans le champ bleu de ses
lunettes. Il m'a semblé que, protégés par les verres,
ses yeux avaient un mouvement d'essuie-glaces,
de métronome, ils allaient de l'un à l'autre et elle

disait in petto et en mesure : vingt ans, vingt ans, vingt ans. Ça fait vingt-cinq, vingt-cinq, vingt-cinq. De plus, de plus, de plus. Et moi, je lui répondais, sans lunettes mais aussi muet, aussi impassible, laisse-moi tranquille, psychanalyse cette jeune fille qui aime son destin, même s'il n'est pas tout à fait normal, tu as de quoi réfléchir, avoue, alimenter ton prochain article sur les enfants de divorcés, ne t'occupe pas du reste. Parce que nous connaissons enfin son âge, tu ne vas pas m'expliquer que j'ai celui que j'ai, celui de mon passeport. Mes cheveux de jeune homme, mon métabolisme, mon, mes, ça ne compte plus? Sans blague? Ce n'est pas digne de toi, Clara-Gaïa, mère du Genre humain, cœur vaste comme la terre.

Quelque chose m'a prévenu qu'elle allait quand même mettre les choses au point, me trahir, oh, sans se départir de son onctuosité coutumière, sans que sa voix de lait tourne à l'aigre, habilement, mine de rien. Elle a secoué la tête comme quelqu'un qui va se défendre ou plutôt attaquer, s'emparer d'une arme prétendument rangée, enfouie une fois pour toutes, et viser, tirer, atteindre. Vingt-cinq, vingt-cinq, vingt-cinq, continuaient de rythmer ses yeux derrière le bleu des lunettes bleues. Alors j'ai pris les devants, je lui ai volé sa trahison, j'ai détruit son arme avant qu'elle ait eu le temps de s'en servir.

— Je pourrais être ton père, Jill Greenwood.
Ça te plairait que je sois ton père?

— Idiot, a dit Clara.

— Hello, papa, a dit Jill.

Et retardant davantage le retour à Hydra, elle
s'est jetée à l'eau. Papa, tout gai, en a fait autant.

Jamais je n'oublierai le jour où nous avons
quitté Nantucket, le ciel boueux, le vent qui s'était
levé dans la nuit et dont nous avions écouté les
rugissements, Alison et moi, sans parler, sans
dormir, accrochés l'un à l'autre sur le lit de la
chambre blanche. Je craignais que nous dussions
payer pour ces heures uniques, dorées comme le
sirop d'érable que Jim Glock avait versé pour
la dernière fois sur les pancakes de l'ultime petit
déjeuner. Je n'y ai pas touché à ces pancakes. Ni
aux œufs additionnés de saucisses, ni à la pile de
toasts vernis au beurre fondu, à la confiture de
rhubarbe. Alison non plus n'avait pas d'appétit.
Ma dévoreuse de quahaugs, fallait-il qu'elle fût
désolée. Nous étions éteints, l'un et l'autre. Nos
hôtes faisaient tous les frais de la conversation,
Abi répétait : on se reverra très vite, c'est beau le
printemps à Nantucket, la salsepareille fleurit dans
le sous-bois. Et Jim ajoutait : on entend l'alouette.

— Vraiment? disait Alison, se forçant à sourire. J'aime tant l'alouette.

Elle grelottait. Nous avions pris un bain de mer, la veille, au coucher du soleil, on aurait dit que ses cheveux n'avaient pas séché depuis. Ils pendaient, raides, poissés de sel, contre ses joues qui me paraissaient creuses tout à coup et jaunes plutôt que brunes, moins jeunes. Avions-nous vieilli à Nantucket? L'amour, le vrai, fait-il vieillir? Pour la première fois de ma vie je me posais la question et c'était comme un coup de poignard. J'ai obligé Alison à enfiler par-dessus son tricot le sweat-shirt à l'emblème de Syracuse University et je suis resté, je me souviens, immobile, à lire et à relire les lettres en rosace sur la poitrine qu'elle m'avait abandonnée comme tout le reste de son corps si sain et qui sentait si bon. Alison, Mademoiselle de Plémeur, jure-moi que tu ne seras jamais vieille. Elle a paru entendre ma prière muette, la lumière est remontée dans ses yeux et elle a dit en me regardant :

— Bien sûr, Abi, nous reviendrons au printemps.

Mais moi, inquiet, défaitiste, je me demandais : au printemps, où serons-nous? Qu'allons-nous devenir? J'étais bien décidé à suivre Alison à New York puisque c'était là qu'elle étudiait (elle était entrée trois ans plus tôt à l'université de Barnard,

section lettres), mais comment y vivre? De quoi?
A Syracuse, on avait renouvelé ma bourse pour
une autre année, j'avais réussi tous les examens à
l'école de sciences naturelles et celui pompeuse-
ment intitulé : civilisation américaine (quand on
n'a pas de girl-friend attitrée, on étudie très bien).
Mais dans l'une des universités de New York
accepterait-on ce transfuge de la dernière minute?
Au cas où on me refuserait, ce qui me paraissait
plus que probable, y aurait-il une place pour moi
dans une école française, ailleurs? Inutile de me
leurrer : à New York pas plus qu'à Syracuse, on ne
m'accorderait un permis de travail à temps com-
plet, les étrangers n'y avaient pas droit. Décro-
cherais-je seulement un emploi à temps partiel?
Evidemment je me sentais capable de tout pour
ne pas m'éloigner d'Alison, aucune besogne ne me
rebuterait. N'avais-je pas, à Syracuse, pour me
procurer un peu d'argent de poche, été serveur
puis plongeur dans la cafétéria de l'université?
Au dernier semestre, n'avais-je pas été employé
à la bibliothèque municipale, remettant aux élèves
des cours du soir, ouvriers rompus de fatigue,
vendeuses aux pieds enflés, les livres sur lesquels
ils s'assoupissaient? Et j'avais gaspillé tous les dollars péniblement gagnés avec les stupides filles
du samedi soir, les Sally, les Betty-Lou des soro-
rities à colonnades néo-classiques. Je leur avais

offert des camélias, payé de la bière à profusion.
Obsédé par leurs joues d'enfants, leurs regards
de vamps et leurs hanches de poupées, j'avais
acheté une voiture à tempérament, non pour
les promener dans la belle campagne de l'Etat
de New York avec ses lacs et ses arbres rouges,
ni pour aller admirer les chutes du Niagara mais
dans la seule idée que. Et, la dernière traite payée,
je l'avais revendue, ma Chevrolet, ma Chevy brin-
guebalante sur les sièges râpés de laquelle je
n'avais eu droit qu'au petting et au necking, simu-
lacres minables dont je sortais mécontent, humi-
lié. Envolés, eux aussi, les dollars de la Chevrolet.
Et mon visa, en renonçant à Syracuse, le gar-
derais-je?

Si je fais le compte aujourd'hui de ces angoisses
d'un autre âge, de ces soucis depuis longtemps
réduits en poussière, c'est que l'argent ou, plutôt,
le manque d'argent a joué un bien sale rôle dans
ma vie à ce moment-là. Il est triste, a dit La
Bruyère, d'aimer sans une grande fortune. Et
Proust, qui le cite, ajoute : il ne reste plus qu'à
essayer d'anéantir peu à peu le désir de cette joie.
Serais-je contraint de suivre le conseil de Proust?
Je ne voulais pas d'une *grande* fortune, ridicule,
je n'en ai jamais voulu, pas plus d'une grande que
d'une petite, je ne demandais qu'un peu de sécurité, un minimum, ce que j'avais à Syracuse, quand

on a vingt ans, ça suffit. Mais à New York, si la
vraie fortune, c'est-à-dire la chance ne donnait
pas son coup de pouce, je n'aurais même pas ce
minimum, ce serait le naufrage. Je ne pouvais
en aucun cas, espérer quoi que ce fût de ma famille.
Depuis la mort de mon père, maman vivait serré,
comme disent les bourgeois, et aux frais de mon
grand-père, un homme pourtant très riche (il pos-
sédait un vignoble dans le Bordelais et des hectares de pins dans la forêt landaise, beaucoup
d'hectares). Mais à cette époque, dans le Bordelais et dans les Landes, comme dans toutes les
provinces de France, pour une famille pareille à
la mienne, remplie de principes et de préjugés, le
garçon, qui choisissait de quitter un pays, le sien,
fraîchement saigné par la guerre et l'occupation
allemande, pour s'en aller, nez au vent, découvrir
l'Amérique, non, ce garçon ne méritait pas qu'on
lui facilitât les choses. Une de mes tantes, une
peste, avait crié bien haut ce que les autres pensaient tout bas : il fallait m'abandonner à l'aventure puisque je n'étais qu'un vulgaire aventurier,
que je mange de la vache enragée (en faisait-on
consommer, de cette bête-là, chez les gens convenables, aux enfants qui refusaient le système), oh
oui, que je m'en gave et après, on verrait. Elle
aurait voulu, la peste, que je revinsse en France
au bout de trois mois, avant, au bout de trois

semaines et hâve, misérable, contrit. Le reste de
la famille avait hoché la tête, ma tante avait raison, j'avais tort, et mon riche grand-père ne
m'avait pas remis le moindre viatique quand je
m'étais embarqué au Havre, sur un bateau d'étudiants, le Marine Tiger. Je n'étais parti qu'avec la
bénédiction de ma mère, ses larmes de chevreuil
traqué et les trois sous que m'avait prêtés Diane,
alors professeur d'histoire dans un lycée de Boulogne-sur-Seine.

Sur le bateau qui nous ramenait de Nantucket
à la côte du Massachusetts, j'ai avoué à ma chère
Alison la pitoyable réalité : il ne me restait que
cinquante dollars en poche, je ne connaissais pas
une âme à New York, aucune personnalité
influente, susceptible d'arranger mes affaires mais,
plutôt que de la quitter, je préférais me jeter tout
de suite dans les flots que le vent bousculait à gros
bouillons. Je mourrais noyé avec dans le cœur
le souvenir radieux des journées et des nuits que
nous venions de vivre. Elle m'a répondu que je
nageais trop bien pour parvenir à me noyer, que,
de toute façon, elle me sauverait et elle m'a
traité de grenouille romantique, elle riait, elle s'est
mise à parler très vite, elle m'a dit qu'elle avait
des amis de toutes sortes à New York, des étudiants
mais aussi des artistes, elle a énuméré leurs noms,
leurs prénoms, leurs vertus, ils seraient très gen-

tils, très obligeants. En attendant de prendre une
chambre où elle viendrait me rejoindre aussi souvent que possible, je logerais chez l'un, l'autre
me nourrirait, tous l'aideraient à me trouver du
travail, nous avions quinze jours devant nous
avant la rentrée scolaire, c'était plus qu'il n'en
fallait pour décider l'université de New York ou
celle de Columbia à me prendre en charge. Quant
à mon visa rien à craindre, des Français pouvaient-
ils laisser tomber un Français?

— Vous me croyez, Charles Boyer? Ça va
mieux?

— Ça va.

Je mentais, ça n'allait pas mieux, au contraire.
Ce qu'elle avait évoqué pour me rendre confiance,
ces amis accourant des quatre coins de New York
pour me venir en aide, je ne les voulais pas, je
refusais tous ces visages entre nous, autour de
nous, ça m'assommait par avance d'enregistrer
des prénoms, des diminutifs de prénoms semblables à ceux de Syracuse ou du camp de Falmouth,
de jouer les cordiaux, les copains, j'étais trop
amoureux, trop exclusif pour accueillir avec
bonne grâce la nouvelle famille qu'elle me pro-
posait, je suis un sauvage, un chien qui refuse la
meute, je n'ai jamais eu de goût pour les petites
bandes, les petits globes, les clans, je n'entendais
partager Alison avec personne mais je ne lui ai

pas dit, j'ai gardé pour moi mes sombres pensées
et la tristesse où me plongeait l'idée que notre
tête-à-tête allait prendre fin dès l'arrivée à New
York.

Quand nous sommes descendus du bateau à
Hyannis, j'abritais, dur comme une pierre, le
désespoir au fond de mon cœur. Et pourtant le
vent s'était calmé, le soleil était revenu, Alison
avait retrouvé sa gaieté, ses cheveux dansaient
autour de son front, ses joues étaient de nouveau
rondes et jeunes mais je m'entêtais à n'y lire
aucun signe favorable. Nous avons pris le train à
Boston. A côté de nous défilaient l'Amérique, ses
plaines, ses vallées, ses morceaux de fleuve, ses
maisons de bois, ses jardins sans clôture, ses
fleurs sauvages et ses arbres si beaux, si grands,
l'Indian summer allait succéder à l'autre, je m'en
étais promis de fortes joies mais là, soudain, je
m'en fichais, je broyais du noir avec une sorte
d'ivresse, je balayais les belles images qui passaient derrière la vitre du wagon pour en conjurer
de nouvelles, toutes catastrophiques. Je serais
encore Charlot mais sans sourire ni cocasserie,
un clown lugubre qui agacerait tout le monde,
antipathique aux plus généreux, je ne trouverais
pas de travail, on ne penserait qu'à se débarrasser
de moi, je n'aurais plus qu'à rejoindre les clo-
chards de Bowery, à m'écrouler sur leurs trottoirs,

dans leur univers condamné et puant. Les prophé-
ties de ma sinistre tante se réaliseraient en tous
points, je serais véritablement le bonhomme hâve
et vaincu qu'elle avait décrit, on me renverrait en
France, les types du consulat, les Américains, tous
ligués contre moi, Alison ne protesterait pas, elle
ne s'accrocherait pas à moi, je la voyais sur un
quai, agitant la main comme Miss Ethel le jour
où les ogresses avaient quitté le camp, bye, bye, et
tandis que s'éloignerait mon bateau, ses yeux gris-
bleu seraient déjà décolorés par l'indifférence,
voire le soulagement, elle m'oublierait aussi vite
qu'elle m'avait aimé.

Je la regardais dormir, chavirée sur mon bras
et je me disais qu'elle avait déjà commencé de
m'abandonner, son sommeil qui jusque-là me
bouleversait comme la plus douce preuve de
confiance, ce sommeil me paraissait tout à coup la
répétition très cruelle d'un adieu qui n'allait pas
tarder. Quand nous sommes arrivés à Great Central Station, je l'ai suppliée.

— Repartons pour Nantucket. Tout de suite,
vite, il est encore temps.

Qu'a-t-elle répondu?

— Elle n'a rien répondu parce que tu ne l'as
pas suppliée, tu ne lui as rien demandé, a dit

Clara, un jour. Tu ne *sais* pas demander, Fou, il faut tout t'offrir sur un plateau d'argent.

Clara, Clara, championne de clichés, tu n'as pas toujours tort et, dans ce cas précis, j'ai bien peur que tu aies raison. Ton plateau est un accessoire stupide mais la chance, la vraie fortune, oui, je veux qu'elle vienne à moi sans la provoquer, qu'elle coule à ma rencontre, douce, facile, offerte comme une source, je crois à la grâce, c'est bête, n'est-ce pas?

— C'est surtout démodé, me réponds-tu généralement.

Comme ils l'avaient résolu, ils ont gagné la partie, Clara et Jean-Loup : une invitation dans le palais de cubes blancs. Chacun a joué de ses propres atouts, de sa tactique personnelle. Hier, vers minuit, dans le club privé, Jean-Loup a dragué, comme il dit et quel mot, deux amis de Barberousse. Ouzos ici, ouzos ailleurs, dans des bars, une taverne. Ensuite, pour davantage de certitude, il est allé jusqu'à. Avec le plus appétissant. Bravo, a dit Clara qui, de son côté, après le petit déjeuner, a engagé la conversation avec les occupants du grand yacht puis, à tant que faire, avec ceux du cabin-cruiser. Son ministre a fait le poids. Le locataire du yacht et la plus caquetante des volailles du cabin-cruiser ont protesté de leur attachement à ce personnage considérable (la volaille a même fait comprendre que. Hé hé, serait-il amateur d'érotisme, Monsieur le Ministre?). Bref, dès le retour de l'Astraldo dans le port d'Hydra, un des valets blancs est venu nous prier à dîner là-haut, dans le real paradise. Allégresse des vainqueurs. Je n'ai pas voulu la gâcher, Jill non plus — apparemment. Les deux douches de notre voilier-caïque ont coulé abondamment sur nos quatre dos. Clara a passé une heure à se lisser, se parfumer, elle a travaillé scientifiquement le désordre de sa coiffure, revêtu un pyjama du soir rose cyclamen, un corsage échancré jusqu'à mi-seins, attaché des anneaux scintillants à ses oreilles, d'autres, à peine plus larges à ses poignets. Généreuse, elle a proposé à Jill sa croix de Mykonos, la chaîne qui la retient et Jill ne les a pas refusées. Jean-Loup est tout en bleu et quels cils. Quant à moi, j'ai docilement endossé la chemise transparente choisie (et offerte) par Clara, elle est très fière du poil qui orne ma poitrine; quand elle s'attendrit dessus, elle me traite volontiers de Cro-Magnon ou de King Kong. Là, elle a seulement dit : épatant, elle te rajeunit cette chemise, on te donnerait trente-cinq ans. Merci, Clara. La bonne âme, elle me restituait mon âge fictif tout

à coup, elle ne pensait plus ou voulait ne plus
penser à mon passeport. Elle était fière de moi,
j'étais le joyau du quatuor qu'elle allait présenter
à la société de Barberousse, elle exultait, elle imaginait le récit qu'elle ferait, de retour à Paris, à
ses collaborateurs, leurs yeux écarquillés.

Au moment de quitter le bateau, l'envie de
déclarer forfait m'a bien chatouillé l'esprit mais
je l'ai chassée aussitôt. Qu'aurais-je fait seul dans
Hydra? Et puis il y avait Jill, je ne voulais pas me
séparer d'elle. J'ai décidé d'être un invité correct,
courtois, distrait, je boirais, je ne regarderais que
le T-shirt blanc, la croix de Mykonos et le temps
glisserait comme l'alcool dans ma gorge. Nous
avons grimpé, derrière Clara, le dédale qui mène
chez Barberousse. Il nous attendait devant la
grille et, comme la veille, il l'a ouverte lui-même,
son personnel au garde-à-vous près de lui. Quel
conquis le marché international. Bien entendu, il
était un New-Yorkais pur-sang (il nous a mis au
courant tout de suite), de surcroît un designer en
renom, on lui devait des sièges en métal qui avaient
conquis le marché international. Bien entendu, il
était l'unique responsable de sa demeure grecque,
il lui avait suffi d'acheter six chaumières, une
ruelle, il avait évidé ici, raccordé là, fait venir de
la terre et de l'eau, par bateaux-citernes, depuis le
continent. Clara s'est pâmée :

— Etonnant, divin, marvellous.

Suivis de leurs protecteurs, les éphèbes que Jean-Loup qualifie de super-minets étaient revenus mais, cette fois, il y avait des femmes dans l'assistance : une manière de maharani, sari gorge-de-pigeon sur buste copieux; une Brésilienne, parée comme une icône, la jupe fendue jusqu'au gras, quel gras, de la cuisse; deux disciples de Sapho, la première, française, belle et blonde comme Marlène, la seconde, italienne, cheveux noirs jusqu'aux reins, bandeau hippie sur le front; enfin, accompagnées de leurs maris ou de leurs amants, les volailles du cabin-cruiser (celle qui connaissait le ministre de Clara était exactement mon anti-genre : l'omoplate ressortie, le cheveu haché; aux pieds, des socques qui lui faisaient une démarche d'ivrogne). Clara avait communiqué nos noms et qualités à Jonathan. Il les a récités sans se tromper puis nous a présenté ses autres élus, changeant d'accent pour chaque nationalité, quel huissier il eût fait s'il n'avait été un designer en renom. Titres, prénoms, surnoms ont voltigé, plus pittoresques encore que ceux auxquels je m'attendais, je les ai oubliés sur-le-champ, sauf celui de la petite Italienne, Marisa, et celui de la croqueuse de ministre, Sylviane, on l'appelait Sisi.

La mise en scène terminée, les valets sont entrés en action. Chaque personne a reçu un verre ou plutôt un hanap de métal (signé Jonathan W.?). Des shakers a coulé un nectar raide, glacé. Amuse-gueules à la grecque (canapés de tarama, caviar d'aubergine, boulettes au thym) ont été offerts en même temps. Attendris par l'alcool et le décor, on s'est mis à circuler, façon chenille, de la caverne au patio, autour des vasques, des plantes échevelées, devant le bassin. Plus loin, la bouche ouverte d'un masque de tragédie crachotait un jet d'eau sur une rocaille. Il n'y avait pas de daturas, selon le vœu secret que je prêtais à Clara Bernis, mais dans des coupes de métal (encore de Jonathan W.?) des bouquets et des bouquets de gardénias. Qu'importe. Une directrice de magazine ne se complique pas l'imagination pour une si mince altération de programme. Elle a sorti ses adjectifs qui riment : vénéneux et capiteux. On l'a récompensée par des oh, des ah : une grappe de garçons chauffés par Jean-Loup, la maharani, Sylviane dite Sisi. Quand les étoiles ont pris l'entière possession du ciel, les airs de bouzoukis attendus par Clara ont jailli de haut-parleurs invisibles, des chandelles d'église ont été allumées un peu partout, des phalènes sont accourues, leurs danses ont suscité d'autres ah, l'ambiance (encore un mot dont Clara abuse) était au point, les conversations ont pris leur essor, balles, bulles, lambeaux.

L'un des Français s'est emparé de moi. Il avait

une grosse moustache qu'il caressait de l'index, une cravate faite d'un lacet, style texan, une chemise rouge à pois blancs, style Camargue. Tandis que j'imaginais le reste de son vestiaire, shorts hawaïens, boubous sénégalais et pourquoi pas? chapska russe, il m'a entrepris sur la politique, il a parlé de la Grèce, sa liberé était bien récente, attention, ce n'était pas encore gagné, et patatras, il a glissé sur la France, il voulait connaître mon opinion sur le gouvernement, il avait la sienne, il l'a exposée, volubile. Moi, la Grèce libre, ça m'allait, le mot liberté ne cessera jamais de m'émouvoir mais la France et son gouvernement n'avaient pas leur place dans ce no man's land fabriqué. Et puis, quoi de plus ridicule qu'un homme qui parle politique? Ce regard glauque, imperméable aux objections, si mesurées soient-elles, de l'interlocuteur, cette façon de réciter, le petit doigt en l'air ou la main sur le cœur, une collection d'aphorismes rassis, ces pardon, pardon et autres je ne vous le fais pas dire, accompagnés de hennissements ou du rire de Paillasse, tout ça, vraiment, c'est la barbe. M'appliquant sans grand effort, à la nonchalance, j'ai répondu par des onomatopées, mais mon Français était lancé, j'ai eu droit à toute la litanie : *ambiguïté du système, asphyxie économique, dépersonnalisation des rapports, démagogie purulente, culturisation avortée, inflation irréversible, catastrophes inévitables.* Je n'ai dû mon salut qu'à l'intervention de Jonathan W., il ne devait pas désirer que son pays fût, à son tour, mis sur la sellette. Alors il s'est mis à décrire Mistra, il nous a demandé, au Français et à moi, si nous connaissions cet endroit fabuleux, il disait *fabulous* en faisant traîner le *f* avec autant de délectation que Clara quand elle dit Fffou, ffffabulous. Par bonheur, j'ai pu contribuer à cette esquive. Le Kastro de Villehardouin, je l'avais visité par un avril glacé, deux ou trois ans auparavant, j'avais suivi la route en lacet qui monte au fort, erré entre les murailles à demi écroulées, visité les chapelles byzantines. Oui, leurs fresques étaient assez bien conservées, surtout celles de Saint-Théodore et de Sainte-Sophie, mais je me souvenais surtout d'euphorbes géantes, d'un jaune soufre, d'asphodèles dont la bise tracassait les fleurs floconneuses. Avec le plus grand sérieux du monde, Jonathan nous a confié qu'il rêvait de s'installer près du fort de Villehardouin, de construire un autre palais, près de Théodore et Sophie, il y passerait le printemps, l'automne, ce serait une riche source d'inspiration pour ses meubles en métal. Aussi sérieux que lui, j'ai répondu que c'était une excellente idée, qu'il aurait raison de la poursuivre. Vexé, le Français nous a tourné le dos, il a rejoint Sisi et Clara qui se donnaient des nouvelles

de leur ministre favori, il devrait bientôt faire face
à des problèmes de taille, pauvre chou, cela l'empê-
cherait-il de partir dans sa propriété du Midi ou
de la Touraine (j'ai oublié la province exacte) goûter des vacances méritées? Elles espéraient que non.
Hargneux, tirant sur sa moustache, le Français a
ricané que si : la rentrée serait chaude, elle ferait
des vagues, il était bien placé pour le savoir, son
beau-frère dirigeait une usine de polystyrène
expansé, quelque chose comme ça, il devait
compresser son personnel de moitié. Il était lui-
même ingénieur frigoriste et dans ce secteur-là, le
froid, il y avait aussi promesse de tempête. La
discussion devenue ramage, j'ai abandonné Jonathan, changé de terrain, cherché Jill.

Elle était accroupie, hanap serré entre les
genoux, près du masque-jet d'eau. La femme belle
comme Marlène et Marisa s'étaient assises à côté
d'elle, sur le même coussin. Leur trio silencieux
était un petit havre de paix, je leur ai demandé
la permission d'y prendre refuge. Bien sûr, a dit
Marlène et la petite Marisa au bandeau hippie
m'a gratifié d'un sourire bref mais très doux, je me
suis cru sauvé. Erreur, le frigoriste et Sisi ont fondu
sur nous comme des hyènes affamées. Ils ont pris
Marlène comme cible, Sisi lui a demandé ex
abrupto ce qu'elle pensait du sexisme. Le mot a
plané une seconde, oiseau noir et incongru, sur le

décor du designer en renom, les gardénias vénéneux et capiteux, le grelottement du jet d'eau,
celui des bouzoukis. Marisa a levé la tête comme
pour suivre son parcours absurde, Jill a pris
son air le plus absent et Marlène n'a pas répondu.
Dépité, le frigoriste a élevé la voix, il a demandé
si quelqu'un dans l'assistance s'était rendu à
Lesbos.

— Moi non, hélas, a dit Clara, soudain près de
nous.

— Moi oui, a dit Sisi. Et croyez-moi, ça ne vaut
pas le déplacement. Sauf si vous aimez la chasse,
la vraie chasse. Il y a des bécassines à Lesbos et
des canards sauvages et.

— Et des hommes, a continué le frigoriste, tout
fier de sa muflerie. Beaucoup d'hommes, mes-
dames, si vous allez à Lesbos, vous serez déçues.

— Laissez-nous, monsieur, a dit Marlène.

Le frigoriste a eu un rire épais :

— Evidemment, évidemment. Mais je préfère
quand même vous prévenir.

Je ne pouvais plus me taire :

— Vous allez les laisser tranquilles?

Clara m'a pris par le bras :

— Fou, tu es malade ou quoi?

— Je croyais que tu aimais la violence.

— Pas ici, pas dans un endroit pareil.

Je me suis levé :

— Vous m'avez entendu? ai-je dit au frigoriste.

Il était plus petit que moi. L'œil mauvais, la tête rejetée en arrière, il a ricané :

— Ah, Monsieur est le mari, peut-être? Mes excuses, Monsieur le Mari, je ne voulais que prévenir ces dames.

— Laissez-les tranquilles, ai-je répété.

Il est devenu furieux.

— Qu'est-ce qui ne va pas, Max? Je ne te plais pas?

— Je vous interdis de me tutoyer.

— Fou, voyons, a encore dit Clara.

— Allez viens, Joël, a dit Sisi, Monsieur n'a pas d'humour.

— Mais ça s'apprend l'humour, tu veux que je t'apprennes l'humour, Max?

Je l'ai toisé sans un mot, les deux femmes n'ont pas bronché, ni Jill. Clara, cette fois, s'est carrément suspendue à moi, je me suis encore dégagé. A l'autre bout du patio, Jonathan avait dû sentir monter l'orage, il est accouru vers nous, entouré des hommes qui lui ressemblaient. Tout est rentré dans l'ordre aussitôt, Sisi a tiré Joël, l'ingénieur frigoriste, par la manche de sa chemise à pois, je l'ai entendue me traiter de plouc et j'ai entendu Joël me traiter de sale con qui mériterait une correction. Clara m'a supplié :

— Je t'en prie, Fou, écrase, prends sur toi.

— Tout va bien? a demandé Jonathan.

— Tout va bien, ai-je répondu.

— Merci, Monsieur, a dit Marlène.

— Merci, a dit Marisa avec son doux sourire, et au revoir, nous partons.

Je les ai saluées. Elles étaient vraiment belles, toutes deux, et calmes, les seules personnes, avec Jill, qui me plaisaient dans l'assistance. Je me suis penché sur mon petit hibou :

— On les imite?

— Pourquoi?

— Tu veux rester ici?

— Pourquoi pas?

— Tu ne t'embêtes pas?

— Non.

— Ils t'amusent ces brutes?

— Je me moque d'eux.

— Moi, j'ai envie de leur taper dessus.

— Fais comme moi, regarde le masque. Ou les étoiles.

Fiasco. Tant pis pour moi. Je me relève. La soirée se poursuit. Les valets distribuent des assiettes, des couverts, des brochettes fumantes, des moussakas dans des terrines individuelles, des salades variées, ils versent du vin dans des gobelets de verre épais. Je ne mange pas, je bois, j'erre du côté des éphèbes et de Jean-Loup. Ils ont des rires d'écoliers chahuteurs. Leurs protecteurs les surveillent, débonnaires, attendris, des papas gâteaux. La maharani et la Brésilienne font cliqueter bracelets et sautoirs. Plus loin, Joël et ses amis sont parvenus à s'embourber dans une demi-douzaine de scandales à la mode. Leurs compagnes ont enfourché leurs dadas érotiques, elles agitent leurs brochettes comme des fakirs leurs poignards. Clara écoute ici et là, cueille une définition, une maxime, les enregistre, pense à ses collaborateurs auxquels elle les rapportera, jette son mot dès qu'une pause dans le jacassement le lui permet. La maharani (tiens, on dirait qu'elle a l'accent de Bordeaux) la prend à partie. Comment a-t-elle pu abandonner son magazine? N'est-ce pas la période choisie pour les collections d'hiver? La Brésilienne s'esclaffe. Clara, vaillante, se justifie. Tout d'abord, elle a une confiance absolue en son équipe de mode. Ses collaborateurs sont ses amis, ses enfants, ils n'oublieront aucune de ses consignes. En second lieu, depuis deux ans, elle s'est retranchée dans le secteur psychologie de son journal. Ce qui la passionne ce sont les vrais problèèèèmes de la femme, ses luttes, sa libération, son épanouissement.

— De toute façon, la mode n'existe plus, tranche Sisi.

— Tant que Paris existera, décrète la maharani à l'accent de Bordeaux, la mode existera.

La mode. Après la politique, le sexisme, les scandales, voici la mode. Je bois. A la santé de ces héroïnes que l'on ose appeler mannequins alors que, pour vivre, elles doivent se déguiser en Michel Strogoff et en Davy Crockett dans les fours chauffés à blanc que sont, en cette saison, les maisons de couture. Il reste un peu de poison raide dans les shakers embués. J'en voudrais d'autre, s'il vous plaît. Et le retzina est de première classe. Jonathan a dû le faire venir, comme l'eau dans son patio, par bateaux-citernes. J'en redemande. Trois verres coup sur coup.

— Toi, tu vas être soûl, murmure Clara dans mon dos.

— Tant mieux.

Oui, je vais être soûl, je le suis déjà. Et pris au piège, douloureux, hagard. Il me semble qu'au brouillard formé par les invités de Jonathan sont venues se joindre la grand-mère de Jean-Loup, ses bras comme des étaux et celle de Jill dans la voiture de Bonnie et Clyde, assassins. Voici les parents de Clara sortis tout droit de *Germinal* puis, pourquoi pas? nos gouvernants comme une brochette de plus. Voici ma petite Anne-Marie d'une nuit, son cou si fragile brisé au pied du clapier en verre de Boulogne-sur-Seine, voici. Non, pas *elle,* pas mon

Alison, je ne le supporterai pas, j'ai envie de hurler,
la musique des bouzoukis devient funèbre, les
conversations effilochées charrient des menaces.
Que suis-je venu faire ici, parmi ces gens, ces
inconnus, ce Babel dérisoire? Jill s'est allongée
comme l'autre soir dans le théâtre d'Epidaure, elle
m'oublie, elle se moque pas mal de moi. Sa confession sur le bateau me revient en tête, je pense à son
âge, au mien, au mouvement d'essuie-glaces derrière le bleu des lunettes de Clara. S'évadant de *la
Retraite sentimentale,* une phrase de Colette accroît
mon malaise. Pourquoi Colette? Pourquoi *la Retraite sentimentale*, roman passablement fané? Et
pourquoi cette phrase que l'auteur a si souvent
démentie par la suite? *La chair fraîche... comme
un froissement de grosse fleur écrasée.* Jill est-elle
de la chair fraîche? Rien que cela? Et moi, ne suis-
je qu'un vieil ogre entre les bras duquel cette chair
ne sera plus qu'une grosse fleur écrasée? Ophrys
tenthredinifera et Ophrys aesculapii, mon œil.
Helichrysum staechas, la bonne blague. Une grosse
fleur écrasée. Voilà ce qu'elle sera si. Mais il n'y
aura pas de si. Tout ce qui m'arrive est bête et
lamentable. La seule femme de ma vie c'est Alison
L. Dover. Entre nous il n'a jamais été question de
chair fraîche. Nous avions la même chair, la même
fraîcheur. Je ne l'ai jamais écrasée, mais je l'ai
perdue et je ne la retrouverai pas. On ne triomphe

pas du temps, on ne ressuscite personne, les phénix
sont des attrape-nigauds, ce sont les dieux qui les
ont inventés et les dieux ont été inventés par les
hommes, et que je suis de mauvaise humeur. Et
triste. Oh, mettre les voiles, m'engouffrer dans
la nuit, plonger dans la mer. Me laver de cette
fête absurde et des chiffres inscrits sur mon passeport. Je bois un dernier verre de je ne sais quoi et,
soigneusement, avec la célérité des ivrognes, me
dissimulant derrière les valets, leurs plateaux, le
designer, les amis du designer, les barbus, les
super-minets, le frigoriste en chemise à pois et les
volailles érotiques, ignorant les yeux de Clara déjà
à ma poursuite et Jill allongée contre le masque
aveugle qui continue de baver, je m'enfuis du
patio, de la caverne, de l'enfer.

J'ai pris la direction de la plate-forme aux pins
francs et aux canons. Elle n'était pas déserte,
comme je l'espérais. Au contraire, il y avait des
ombres emmêlées un peu partout, j'ai entendu des
chuchotements, des fous rires nerveux, des soupirs.
Un sentier serpentait jusqu'à la dernière barre de
rochers, en surplomb de la mer. J'ai fui les ombres,
descendu le sentier. Sur un rocher j'ai laissé tomber
mes vêtements et j'ai plongé façon Jean-Loup,

pieds d'abord. L'eau a reçu ce paquet d'homme,
elle était aussi lourde que lui, aussi molle, elle puait
l'essence, l'algue et le poisson décomposés. Là-bas,
à la jonction du ciel et de la mer, les îles avaient
perdu leur robe pervenche. Peut-être n'étaient-elles
que les cadavres de monstres marins empoisonnés
par le mazout que recrachent sans vergogne paquebots de touristes et navires de guerre. J'ai nagé
sans plaisir et maintenant je barbote, j'imagine le
visage de Clara quand je regagnerai l'Astraldo.
Sévère mais sobre, rien d'affolé au début. Et pas
trop de discours. Elle ne m'attaquera pas aussitôt
sur cette nouvelle équipée, ne me traitera pas
d'enfant capricieux et insupportable, elle m'offrira
un remède contre la gueule-de-bois, un autre contre
la gueule tout court, quelque pilule euphorisante,
elle a une confiance absolue en ces machins-là. Bien
entendu je refuserai les panacées à la mode, j'aurai
un mot injurieux à l'intention du Français, Joël, un
autre très désagréable sur Jonathan, je reprocherai
à Clara de nous avoir entraînés chez lui, j'appellerai son patio un bordel et Clara vacillera, elle
craquera comme elle dit et comme c'est niais, je
n'aurai pas envie de l'appeler infortunée banquise
ou baronne de Crack, l'heure ne sera pas aux plaisanteries, celles qu'elle accepte parce qu'elles sont
signe de détente, prémices de paix, je ne veux pas
la paix, ce serait trop facile. De sa voix la plus

humble Clara me grondera. Mais enfin, Fou, c'est
ta faute, on ne parle pas à ces gens-là comme tu
l'as fait. Avec moi ils ont été charmants, tous,
très cordiaux, très divertissants, ce n'est pas eux,
avoue, sois honnête, reconnais. Allez, la vérité, ça
te fera du bien. Du bien, honnête, la vérité, oh,
Clara, toi et ton vocabulaire, ta manie de l'ouvre-
cœur. Que te répondrai-je? Je ne te répondrai
pas.

Jean-Loup, aussi, sera muet mais, derrière ses
cils de fille, je lirai les qualificatifs que je lui inspire
quand je me conduis comme ce soir : imbuvable,
casse-pieds intégral. Quant à Jill. Tout en barat-
tant l'eau souillée avec autant de lassitude que de
hargne j'invente la manière dont elle accueillera
cet homme qui a trop bu et qui sent le poisson
mort, la mort, elle le trouvera risible, grotesque,
vieux. Elle en profitera pour déguerpir de l'Astraldo, son sac kaki à l'épaule. Elle nous quittera
aussi tranquillement, aussi vite qu'elle s'est jointe
à nous. A moins qu'elle n'ait refusé de partir avec
Clara et Jean-Loup, de sortir de la caverne de
Jonathan. Le masque aveugle lui a paru plus séduisant que moi. L'eau qui coulait de la bouche en
pierre elle l'a préférée aux mots que je voulais lui
dire. En bon compatriote, Jonathan lui a offert une
chambre dans son palais blanc, un morceau de
cube, elle n'en demande pas plus, elle y passera la

nuit, d'autres nuits, la fin de l'été et ils durent, les
étés grecs.

Non, pas Jonathan, je m'égare. Les Français.
Voilà, j'ai deviné : les Français lui ont proposé de
changer de bateau. Je revois Joël, l'ingénieur frigoriste, la trogne qu'il avait pendant notre alterca-
tion et le coup d'œil gluant qui dérapait sur moi
avant de tomber sur la jeune fille silencieuse, en-
fermée dans ses songes et sa quiète vénusté. Il ne
voyait qu'elle, ce voyou, tandis qu'il provoquait
Marlène et Marisa et qu'il m'insultait. Et les Sisi
et autres dindes paillardes ont approuvé, consenti.
Tout à l'heure, à côté de l'Astraldo, sur le cabin-
cruiser, il y aura une autre fête, un second souper
fin, sûrement pas très fin, en tout cas érotique.
On priera Jill d'y assister. Acceptera-t-elle? Pourquoi pas? Elle est tellement inattendue, dispo-
nible. Je l'imagine allongée ou accroupie dans
leur salon inévitablement design (meubles mous,
lueurs blêmes que vomissent des lampes en forme
d'œufs ou de pas-de-vis). On la frôlera. Leurs
doigts impurs, leurs questions sales. Le regard
qu'elle lèvera sur eux, le strabisme intermittent
qui les excitera, une *coquetterie dans l'œil* quelle
aubaine pour des vicelards. Après la langueur,
l'hystérie, après les frôlements, les gestes. Et c'est
ma faute. Ma faute. Parce que je n'ai pas été
capable de surmonter la rage où ils m'ont mis, ces

coquins avec leurs calembredaines. Parce que, déserteur indécrottable, je me suis taillé en leur
abandonnant une petite fille de vingt ans que
j'appelais déjà la nouvelle Alison.

— Fou, reviens, Fou.

Elle. Je rêve ou quoi? Non, je ne rêve pas, c'est
bien elle. Sur le rocher d'où je me suis jeté à l'eau
son pantalon de marin, sa tête de clarté. Elle
m'appelle encore. Fuu. L'accent chinois, je devrais
rire. Elle a échappé à Jonathan, aux Français, à
la fête érotique. Elle a quitté la caverne blanche,
suivi le même chemin que moi, dépassé les ombres
sous les pins francs. Elle m'a cherché, elle est là.
Clara l'a-t-elle accompagnée? Et Jean-Loup? J'attends. Pas de pyjama rose sur le rocher, pas de
jeune homme bleu. Se cachent-ils? Leur sert-elle
d'appât? Oh, moi et ma méfiance, mes mesquine-
ries. Elle est là, ça devrait me suffire, je devrais
nager à sa rencontre, je continue de barboter dans
la mer qui empeste, dans une écume rance, vert-
de-gris.

— Reviens, Fou.

Je vais me décider ou quoi? Je ne me décide pas,
elle se déshabille, je la vois qui pose ses vêtements
sur les miens, elle ne garde que son slip, son torse
est nu, elle se jette à l'eau, sa tête est un nymphéa
qui avance, il n'est plus qu'à cinq mètres de moi,
tout près.

— Hello, stranger.

— Ça sent mauvais, hein?

Elle me saute dessus. Ses mains s'accrochent à mes épaules, s'y appuient. De toutes ses forces, elle m'enfonce la tête dans l'eau, m'oblige à boire un bouillon qui a goût d'essence et de pourriture, c'est détestable. Détestable? Je remonte à la surface, je reçois des volées de coups, des gifles de cheveux trempés, j'essaye de saisir ses bras, nous luttons et ça se prolonge, je veux que ça se prolonge, encaisser et puis gagner, serrer contre moi son torse, ses seins, tout son corps de furie joyeuse. Mais elle se détache :

— On sort de l'eau.

La voici qui me tire, me pousse, me contraint à nager vers la côte, j'obéis, je me hisse sur le rocher où sont nos vêtements, elle tend les bras, je la hisse à son tour. Aucun témoin, ni Clara, ni Jean-Loup, ni personne. Sous les étoiles grecques, devant la mer qui retrouve sa sombre pureté, nous sommes face à face, seuls au monde, elle et moi, deux naufragés. Je devrais l'attirer à moi, contre ma poitrine, je ne le fais pas, j'étire l'instant, je la regarde, ses cheveux mouillés lui font un casque pâle, ses seins sont plus petits encore que ceux de Clara, leur peau est une soie qui luit dans la pénombre, j'imagine leur douceur, je ne bouge pas, je reçois une nouvelle tape mais gentille cette fois — une accolade.

— Ça va, Fou?

— Ça va, Jill et toi?

— Merci, ça va.

Elle ramasse son T-shirt et s'en sert pour essuyer ses cheveux, ses épaules puis elle me le tend et, sans me demander mon avis, s'empare de ma chemise, l'endosse, en roule les manches. Elle ne ressemble plus à un marin mais à un drôle de meunier même pas frissonnant, toujours gai. Je me bouchonne comme je peux avec son T-shirt humide, nous remettons nos pantalons, nos chaussures, elle passe autour de son cou la chaîne que lui a prêtée Clara, d'où pend la croix de Mykonos. Elle me prend la main et nous remontons le sentier mais nous contournons la plate-forme aux ombres emmêlées, nous ne prenons pas la direction du port, on ne lui a pas donné d'ordre, pas recommandé : dès que tu l'as trouvé, tu le ramènes au bateau, que lui a-t-on recommandé? Quelle importance? Sa main s'ajuste si bien dans la mienne, je me laisse guider par le meunier au casque strawberry, je me sens aussi présent qu'irréel, je ne marche pas, je flotte et bien mieux que tout à l'heure dans l'eau malodorante et lourde, dans l'écume vert-de-gris. Elle s'engage sur un nouveau sentier, nous longeons des buissons, un mur à demi écroulé, je suis ralenti, docile. Tout à coup, sans prévenir, elle s'assied.

Derrière nous il y a un figuier, devant nous la mer
et les îles du lointain. Non, elles n'ont plus l'aspect
de monstres morts, la mort, cette nuit, n'a plus
cours. Comme l'helichrysum staechas nous sommes
immortels et je ne suis pas vieux. Qu'est-ce qu'elle
racontait, Colette? Elle déraillait avec sa chair
fraîche, sa grosse fleur écrasée. Je m'assieds auprès
de Jill, je l'enferme dans mes bras, elle y consent,
s'abandonne. Une grosse fleur, elle? Absurde, ridicule. Elle est plus fragile que je ne le croyais, nous
nous allongeons, sa tête s'installe contre mon cou,
son flanc droit à mon flanc gauche, je suis le chasseur réconcilié avec le lièvre qui le hantait, à quoi
pense-t-elle? Moi, je ne pense pas, je me contente
d'écouter mon cœur, il bat avec violence comme au
beau temps d'Alison. Je regarde la perspective de
nos corps, sa jambe droite pliée en équerre sur ma
jambe gauche et, là-haut, sous la chemise qu'elle
m'a volée, ses seins de soie. Elle tourne la tête, je
sens son souffle sur mon cou, ses cheveux mouillés
sur ma tempe, voici venu le moment auquel je rêve
depuis Epidaure, depuis bien plus longtemps et.
   Et rien et c'est délicieux.

Pour Clara, comme pour bon nombre de Français, l'Amérique c'est New York. Elle l'a confié à

Jonathan cette nuit et sa ferveur, je crois, a paru de bon ton au designer. Son sourire comme un trou blanc dans le rouge de sa barbe, il l'a écouté faire des gratte-ciel des crève-ciel, affirmer, la traîtresse, que Paris, à côté de New York, n'est qu'une omelette et s'attendrir sur les nuages qui s'échappent du ventre des trottoirs et lui donnent des ailes, parfaitement, l'envie de s'envoler, to fly off, a-t-elle répété avec l'accent du Sussex. Et Jonathan a répondu vraiment? sous-entendu bravo, il a hoché la tête en signe d'approbation à toutes les adresses qu'elle a énumérées par la suite, celles de ses amis, elle en a beaucoup, celles des galeries d'art et des magasins qu'elle préfère, celles enfin des bistrots et des boîtes de nuit à la mode, the Village n'a pas de secrets pour elle.

— L'air de New York, quelle merveille, vous connaissez une ville où l'air contient autant d'électricité?

Ce n'est pas à Jonathan, cette nuit, qu'elle a posé cette question. C'est à moi, un jour, il y a bien longtemps. Des amis communs nous avaient invités à un cocktail et les rires de Clara, ses boutades, ses pirouettes lui valaient un succès légitime — tout comme son parfum et sa robe de mousseline noire fort bien signée. Moi, comme d'habitude dans une réunion de ce genre, je m'ennuyais ferme. Tout en réfléchissant au meilleur moyen de gagner la sortie

je regardais en douce la peau de Clara jouer avec
le noir trompeur de sa robe. Celui qui nous présenta l'un à l'autre (à la demande de Clara, faut-il
le souligner?) ajouta que je connaissais un peu
l'Amérique. D'où la question sur New York et son
air. Qu'ai-je répondu? Ce devait être mou, plat,
nul, quoi, je ne suis guère doué pour les répliques
brillantes, surtout lorsqu'il s'agit d'électricité. Clara
Bernis n'en a pas capitulé pour autant. J'ai eu droit
à une bonne petite tranche de sa vie, elle avait
passé six mois, entre ses deux mariages, dans la
ville aux crève-ciel, travaillant comme stagiaire
dans un grand magazine (elle s'est aussitôt corri-
gée : comme *observatrice*), elle était encore très
jeune (elle a dit : très *môme*) et logeait dans un
hôtel pour dames sans messieurs.

— Le Barbizon for Women, vous connaissez?

J'ai grommelé mon ignorance. L'énergique Clara
s'est alors étendue sur la passion acquise durant ces
six mois d'observation, celle du *boulot* bien fait, le
feu sacré qui la brûle date de ce séjour. Et aussi,
premier échantillon de son vocabulaire truculent,
le feu... ailleurs. Elle n'avait pas passé toutes ses
nuits au Barbizon for Women, ah ça non, les gaspiller à dormir, hein, quelle honte, quel crime,
j'étais bien de son avis? Là encore, blanc total en
ce qui concerne ma réaction, je la suppose cour-
toise mais anémique. Alors pour cette bûche

d'homme, elle entonna un cantique plus ou moins semblable à celui dont Jonathan a profité cette nuit.

— Moi, la première fois où j'ai vu New York du haut d'un gratte-ciel, celui du père d'un de mes flirts, savez-vous ce que j'ai fait?

— ...

— J'ai chialé.

Ses yeux illustraient son propos. Deux étangs, deux fleurs liquides. Et le sourire célèbre, la voix au vibrato contenu qui vous incite à partager son avis, tous ses avis en rêvant de partager autre chose. J'ai gardé ma figure de sourd, si placide, incrédule :

— Pardon?

— J'ai chialé, a-t-elle répété avec innocence et l'accent de Gabin.

Moi, j'ai longuement soupiré. Au vrai, je prenais une respiration. Ne regardant que la peau de mon interlocutrice sous la mousseline transparente, j'ai attaqué mon cantique personnel sur New York.

— 3 666 000 lignes téléphoniques. 47 955 magasins d'alimentation. 40 008 drugstores.

La surprise a remplacé l'émotion dans les yeux de Clara.

— 1 billion 600 millions de livres de viande, 500 millions de livres de poisson, 250 millions de livres de beurre, voilà ce qu'ils avaient mangé, les New-Yorkais, en un an.

Ici, petite grimace de la lèvre supérieure. De sourire amusé, point du tout.

— 74 ou 75 millions de livres de fromage. 199 664 300 douzaines d'œufs, pas une de moins. 207 778 camions de fruits et légumes, 12 889 camions de pommes de terre.

Léger embrasement du cou sous le fond de teint pêche.

— 2 695 camions de cacahuètes et de noix de coco.

— Vous êtes statisticien?

— Non. Mais je me demande pourquoi les statisticiens de New York mélangeaient de la sorte noix de coco et cacahuètes.

Elle a insisté :

— Vous n'étiez pas statisticien?

— Non, j'étais plutôt clochard. Au Bowery, vous connaissez? Ça ne vous a pas fait chialer, le Bowery?

Enfin, enfin retour du divin sourire. Et de la voix divine.

— Vous vous foutez de ma petite gueule?

Mon Dieu, elle avait une *petite gueule*. Il ne lui suffisait pas de chialer et de le dire.

— Je n'oserais pas.

J'aurais bien osé, en revanche, fuir sans tarder davantage cocktail et chialeuse. Je ne l'ai pas fait, il me semble; en tout cas, si je l'ai fait, je n'ai pu, par la suite, résister à la peau de Clara-Satin. Mais chaque fois que l'occasion s'en présente, chaque fois que l'électricité de New York traverse et mouille son regard, qu'elle évoque avec un excès de ravissement le temps mirifique du Barbizon pour Dames, je lâche mon artillerie de poissons, de beurre et de noix de coco, elle dit que c'est mon second grand air et je crois bien qu'il l'énerve autant que le premier.

Et pourtant ce n'est pas une plaisanterie, pas vraiment, je ne les ai pas inventés, ces chiffres fabuleux, ils se trouvent bel et bien dans le Supervue Guide Abondamment Illustré que j'avais acheté afin de ne pas me perdre dans la ville mastodonte où Alison m'avait entraîné. Je l'ai toujours, il a résisté aux ans, à mes déménagements successifs, à mon désordre. Je n'ai jamais à le chercher péniblement comme la plupart de mes affaires, je le trouve toujours, dans ma bibliothèque, à côté de l'herbier que j'ai rapporté d'Amérique et qui ne porte qu'un titre : Herbier Alison. Sur la couverture de ce guide, on s'en doute, Madame de la Liberté brandit sa torche en forme de cornet à glace, entre un verger de gratte-ciel et un troupeau de nuages. A ses pieds, Peter Minuit, debout,

achète Manhattan à une douzaine d'Indiens assis,
pour 24 dollars de pacotille. Il a la barbiche et le
feutre emplumé de Cyrano de Bergerac, un grand
geste du bras gauche qui exprime bien sa largesse :
Manhattan pour vingt-quatre dollars, quels vei-
nards, ces Indiens. Eux, n'ont pas de plumes (Peter
les a raflées, sans doute, pour les mettre à son
feutre), leurs torses nus sont d'un brun affreuse-
ment cuivré, ils ont posé la pacotille devant eux,
deux couvertures et une marmite. A l'intérieur du
guide, au gré des pages jaunies, entre les plans et
les statistiques, on a droit à tous les monuments
qui, du haut du gratte-ciel de son flirt, ont fait
chialer Clara, l'observatrice. Plus quelques vues
typiques : la tombe de l'Enfant Aimable; les
cloîtres gothiques rapportés par un Rockefeller
de je ne sais quelle province d'Europe; la petite
maison d'Edgar Poe; une rue de Chinatown avec
un cheval (le dernier de New York, je présume)
attelé à une charrette remplie de barriques. Qu'y
a-t-il dans ces barriques? Que buvait-on à Chinatown en ce temps-là? Je m'interroge encore.

Mais ce qui me trouble le plus, quand je feuil-
lette le Supervue Guide, ce sont les photographies
des habitants de New York. Ceux qui sont assis
sur les bancs de Madison Square ou à Battery
Park, près du port, ceux qui marchent dans la Cin-
quième Avenue ou devant la statue de Washington.

Femmes blanches aux chapeaux fleuris, femmes noires aux souliers blancs, hommes coiffés, quel que soit leur teint, du chapeau de Bogart, petites filles en robes à volants, petits garçons à nœuds papillons, chaussés de patins à roulettes, nous les avons croisés, Alison, nous avons marché parmi eux, nous marchions beaucoup malgré la chaleur souvent étouffante et puis soudain nous nous arrêtions, je m'asseyais sur l'herbe pelée d'un parc et tu t'allongeais à côté de moi. La tête sur mes genoux, tu lisais la belle littérature du guide, le roman de New York la richissime, dont les héros étaient des poissons au nombre de 500 millions ou des camions de légumes, 207 778 exactement. Tu riais, moi aussi, surtout pour te faire plaisir. Tu me savais inquiet, tu ne me croyais pas malheureux, pas encore. Tu m'avais présenté tes amis, le groupe, comme ils disaient, plagiant sans le savoir Mary Mac Carthy.

A mon commandement repasse le film de leurs visages et de leurs conversations. Il y a Bab et May, tes compagnes (on dit roomates) de Barnard College, l'une est minuscule, un petit chat, elle porte des lunettes, et sera dessinatrice de mode; l'autre est aussi sportive que toi, aussi bien balancée mais elle se destine à l'architecture, elle rêve au building qu'elle construira, elle le voit déjà, tout de cuivre et de verre rose, le joyau de Park Avenue. Il y a aussi

Vanessa qui a décidé d'être actrice de cinéma. Pour
l'heure, elle est figurante dans un show de
Broadway, *Antoine et Cléopâtre*. Le metteur en
scène y a trafiqué Shakespeare sans retenue. Cléopâtre c'est Katherine Cornell, une star, une célèbre,
alors, en guise de tunique, elle porte un short en
satin violet. Les guerriers romains n'ont pas de
casques mais des tomahawks et le serviteur chargé
de porter l'aspic fatal a le visage peint de toutes les
couleurs, Vanessa trouve ça merveilleux, elle a
les pieds en équerre des danseuses, une queue de
cheval, la voix de Mickey. Polly aussi est dans un
show, celui d'*Annie du Far West* dont Ethel Merman, Piaf burlesque, est la vedette depuis cinq ans,
au moins. Elle affirme, Polly, qu'elle sera un jour
aussi célèbre qu'Ethel Merman, j'en doute, c'est
un grand mulet de fille, avec des yeux globuleux.

Côté garçons, il y a Irv, un échalas, plutôt roux,
étudiant d'histoire à Columbia. Et Howie, très
brun, très beau, constamment vêtu d'une salopette,
il est fils de rabbin, il veut être avocat. Et Dick
sera professeur d'italien, sa mère est née à Flo-
rence, il a les mâchoires de Mussolini. Norman est
employé à la radio sur je ne sais plus quelle chaîne,
je ne me souviens que du nom de son émission :
Let us be happy. C'est additionné des classiques
publicités pour entremets et réfrigérateurs, tous
mirobolants bien sûr, un salmigondis de gags érein-

tés, d'anecdotes édifiantes et de chansonnettes cute,
traduisez par mignonnes, pimpantes, ce qui est cute
n'est jamais beau, une fille cute n'est qu'une
poupée, une rengaine cute une scie au sirop, voici
les deux dont je me souviens : *A slow boat to China*
et *Kokomo, Indiana,* Norman ne cesse de fredonner
Kokomo, Indiana. Quel raseur, je revois ses joues
blêmes, son air jovial et ses cheveux taillés en
brosse, je ne l'aime pas, je trouve *Kokomo, Indiana*
une chanson ridicule et Norman en conclut que je
suis jaloux, il me demande, avec un gros rire si tous
les Français sont jaloux. Lui, il ne l'est pas, il est
le boyfriend de Polly, Howie celui de Bab, Irv
celui de May et Dick celui de Vanessa.

C'est chez Norman que je loge et que le groupe
se retrouve, dans sa garçonnière de la 14ᵉ Rue, près
de Greenwich Village. L'immeuble est pareil à
ceux que l'on voit dans les films policiers, couleur
pain d'épice avec un perron comme un perchoir sur
lequel s'égosillent des enfants. Norman habite, au
rez-de-chaussée, deux pièces réunies par la salle de
bains-cuisine. La baignoire est le centre des lieux,
le cœur, l'aimant. Celui qui se sent poussiéreux ou
las s'y baigne à n'importe quelle heure, dans le
fracas des tuyaux, sans se soucier de ceux ou de

celles qui croisent à distance, plus près, il n'y a pas
de portes chez Norman, il les a toutes enlevées, il
est claustrophobe, l'homme de radio. Pour boire et
manger c'est encore devant la baignoire que l'on
s'installe, il suffit de la coiffer d'une planche, les
assiettes sont ébréchées, les verres aussi, qu'importe, tout le monde s'en moque. Dans une cuvette
en porcelaine à fleurs, Norman a brassé un cocktail,
le Manhattan, où flottent des cerises confites. Tout
à l'heure, quand Vanessa et Polly reviendront du
théâtre, on boira le vin italien apporté par Dick,
après les spaghettis aux boulettes de viande qui
cuisent dans une vieille bouilloire, quelle bonne
soirée en perspective, quelle party.

Et on parle. Dieu, qu'ils parlent, les garçons et
les filles du groupe, qu'ils sont bavards. J'apprends
mille choses sur eux, sur toi aussi, Alison. Et pas
seulement sur vos études ou vos métiers, la vie du
campus et les coulisses de théâtre. Vous n'êtes pas
comme les étudiants que j'ai connus à Syracuse,
des fossiles d'un autre âge, vous êtes bohêmes dans
vos goûts et, dans vos cœurs, passionnément épris
de liberté. Le maccarthysme est en train de se
déchaîner sur le pays qui a fait une loi de la poursuite du bonheur. Dans tous les journaux on parle
de la fameuse, de la sinistre Commission des Acti-
vités Anti-Américaines. Ici et là l'intolérance règne
et son corollaire, l'injustice. Vous n'en voulez pas,

vous les détestez. Irv est le plus violent, mais vous l'approuvez et vous le dites chaque soir, vous le répétez, autour de la baignoire de Norman, tout en buvant son Manhattan et le vin italien de Dick. Vanessa et Polly connaissent un metteur en scène que l'on a mis sur le gril, on l'empêche de travailler. Et Norman raconte qu'un de ses amis à la radio subit le même sort, je ne peux que compatir, tu m'y incites, Alison, tu n'as plus le visage serein qui m'a envoûté dès notre rencontre à Falmouth, l'étoile dans tes yeux bleu-gris a disparu, tu parles, toi aussi et d'une voix que je ne te connaissais pas, Mademoiselle de Plémeur, mon ondine paisible, tu protestes, tu t'exclames, tu es indignée. Tous, vous allez réagir, vous ne savez pas encore comment mais vous n'allez pas laisser ce malaise croître, ces injustices se multiplier. Le monde où vous vivez ne vous semble plus ni beau ni bon, vous allez le refaire et vous pensez que je vous approuve, vous n'en doutez pas. Tout en mastiquant ses boulettes de viande, Irv m'interroge sur Voltaire, il a une passion pour Voltaire, il espère que moi aussi, il en est certain, il voudrait que je boive un peu plus de vin italien, ça ne vaut peut-être pas le vin français mais c'est bon quand même et ça aide, ça chauffe, je dois vibrer à mon tour, évoquer pour ces Américains le grand, le bel exemple que la France a donné il y a près de deux siècles.

— On vous écoute, Charles Boyer.

Charles Boyer, d'abord, n'aime pas que vous l'appeliez ainsi, son surnom appartient à Alison, à personne d'autre. Ensuite il n'a pas envie de s'exprimer. Il déteste autant que vous l'intolérance, la commission de l'affreux Mac Carthy le dégoûte et le choque. Seulement, voilà, il se trouve que ce qu'il est venu chercher en Amérique, le descendant de Voltaire, ce sont des arbres, des fleurs sauvages, c'est l'allégresse et l'insouciance dont il a longtemps manqué. Il a vu les soldats allemands envahir son village quand il n'était qu'un petit garçon, son père a été tué l'année de ses quatorze ans, sa mère est triste, prisonnière d'une famille aux principes absurdes. Il souhaite la mort de ces principes, la disparition de la famille, la tristesse de sa mère lui fait mal, il y pense chaque jour, il s'est juré de la consoler mais il ne peut pas refaire le monde, il n'en est pas capable, il préfère découvrir le Nouveau Monde et avec Alison. Alors il ne boit pas, pas autant que vous voudriez et il se tait. Tandis que montent les timbres de voix, il s'évade, ce fils de soldat est un fuyard à sa façon, il rêve au maquis de Nantucket, à la maison des Glock sous son rosier blanc, il aime mieux le sirop de myrtilles que le vin italien, l'histoire de Mary Coffin Gardner et de son Indien que celle du metteur en scène dont vous décrivez l'infortune, il a la nostalgie de Sconset, des plages où croît l'églantine-de-mer, de la chambre blanche où il a dormi avec celle qu'il aime, beaucoup mieux que dormi, il regrette tout cela, amèrement, et il se tait.

Alors vous êtes très généreux. Même Norman qui me trouve aussi bête que jaloux, vous ne jugez pas mon silence, vous me donnez des excuses, vous vous sentez solidaires de moi, et vous trouvez naturel que je reste auprès d'Alison, que je sois admis dans une des universités de New York ou dans une école, en tout cas que je trouve le moyen d'y vivre. Comme dans la comptine du corbillon, chacun lance son idée, ses adresses, ses relations. Vanessa me suggère de travailler au noir pour un brocanteur de la Deuxième Avenue qu'elle connaît, Howie pour un restaurateur du Village. Qui sait s'il n'a pas besoin d'un Français pour préparer les assaisonnements de ses salades? On raffole des french dressings en Amérique. Bab pense que je devrais, comme cet été à Falmouth, donner des leçons d'équitation, un cavalier français c'est au moins aussi prisé que des assaisonnements, non? Polly a, parmi les acteurs de son show, des amis qui rêvent de lire les pièces de Sartre dans le texte original (très en vogue, Sartre, à New York en ce temps-là, on joue *les Mains sales* sur Broadway, avec Charles Boyer, le vrai, en vedette), accepte-

rais-je de les aider? Et puis si rien de tout cela ne
se concrétise, à Noël, il y aura une place pour moi
dans un grand magasin. Qui saura que je n'ai pas
de permis de travail, qui devinera ma nationalité
derrière la barbe de Santa Claus, sous son burnous
écarlate? Il me suffira d'agiter une sonnette devant
la façade de Macy's ou de Bloomingdale, de distri-
buer des prospectus aux adultes et des bonbons aux
enfants. Bien sûr, il fera froid sur le trottoir, mais
enfin.

C'est toi qui remercies, Alison, toi qui engranges
et notes ces suggestions d'un génie inégal, toi qui
consignes recommandations et adresses. Moi je
continue de m'enfermer dans mon mutisme, je suis
assourdi, ivre de mots, je me sens traqué et, de
toute la nuit suivante, je ne dors pas, presque pas.
Et je ne peux pas t'aimer pour calmer mes angoisses. Une fois sur deux, on a parlé si tard, le
groupe campe chez Norman, garçons et filles
s'effondrent au gré des vieux canapés de l'appartement, Howie et Bab sont dans la baignoire, nous
sommes cernés, je n'ose t'avouer que cette promis-
cuité me rend malade, m'étouffe, tu me trouverais
ingrat, égoïste, ils ont été si bons, tous, si effroya-
blement amicaux.

Le lendemain, chaque lendemain, nous partons vers des universités, des écoles, des bureaux. Nous frappons à toutes sortes de portes, hantons des quantités de vestibules, remplissons des masses de questionnaires, tentons de persuader des gens qu'une bourse ici ou là c'est la même chose, pour l'Amérique la même dépense. Nous cherchons des emplois en rapport avec la botanique, très vite nous devons nous rabattre sur le brocanteur de la Deuxième Avenue, le restaurateur qui a besoin d'un aide-cuisinier pour assaisonner ses salades, on nous a également signalé un traducteur de Sartre (encore lui) qui cherche un nègre, une actrice à qui son protecteur veut offrir un valet bien stylé. Et si je faisais leur affaire? Partout des secrétaires aux seins comme des rochers, au sourire cramoisi et indéchiffrable susurrent la phrase piège : May I help you? Puis-je vous venir en aide? L'aide s'arrête là, bute sur les propos coupés de borborygmes que des hommes en manches de chemise, col déboutonné, cravate en nœud coulant, débitent tout en se grattant la nuque ou l'oreille avec un stylomine. Je me souviens du mot qui revient parfois, vague lueur d'espoir, dans les propos de ces hommes : however, cependant. Et je me souviens du mot qui s'élance, ultime bulle de savon, hors de la bouche de l'actrice (yeux de carpe, lunettes cerclées de strass, fond de teint citrouille) que nous allons solliciter : nevertheless, ce qui signifie aussi cependant.

Et moi je me dis : je ne m'appelle plus Fou mais Cependant. Je suis le pendant, l'homme en suspens, en marge, l'égaré, je me bats un peu, sans conviction. Très vite je me laisse sombrer dans le marécage des borborygmes et des réticences, Alison plaide ma cause. Ses bras de soleil, sa pluie de cheveux, son menton levé, elle commence par vanter mes maigres connaissances, et puis, sans transition, elle enchaîne sur la solidarité des peuples, l'amitié franco-américaine, une fois même elle invoque La Fayette. Je ne bouge pas, je la regarde avec passion lutter pour moi, elle est si belle et désirable dans sa robe de coton bleu, je pense à son corps en dessous, à sa peau un peu moite. L'actrice (j'ai oublié son nom, ce n'est ni Ethel Merman ni Katherine Cornell) et le type au stylomine l'écoutent sans l'entendre, ils doivent se dire voici une fille digne des grands U.S.A., quelle ardeur et quel dommage qu'elle la gaspille pour un Français de rien du tout, comment l'en débarrasser? Dès que nous prenons congé de nos marchands d'However et de Nevertheless, je recouvre mes esprits, la parole. Parfois même, je plaisante, je me gratte la nuque et l'oreille avec un invisible stylomine, j'imite l'actrice, son gros regard de carpe et Alison se met à rire, je lui dis

je vous assure, on m'a trouvé suspect, on n'a pas
apprécié que je sois vêtu comme un étudiant américain, on m'aurait préféré dans l'uniforme du
Français de cinéma, avec le costume que j'ai laissé
à Syracuse, la barbiche de Tartarin, un béret.
Demain je me procurerai un béret, vous verrez,
ça marchera, je le tournerai entre mes doigts pendant que vous parlerez de La Fayette et je m'ar-
rangerai pour prononcer mes th comme ils s'y
attendent, ze, ze, ze, je roulerai les r.

— Tout ce que vous voudrez, dit Alison.

J'agrippe sa main secourable, je dis c'est fini
pour aujourd'hui la chasse aux jobs, on part en
voyage. Il est trop tôt pour retrouver le groupe,
la jovialité de Norman, la sollicitude des autres.
Nous prenons le métro express de la Huitième
Avenue, nous arrivons aux jardins botaniques du
Bronx, c'est notre voyage favori. A nous les hautes
serres, leur végétation furibonde, les fleurs venues
des quatre coins du globe, j'épelle leurs noms
gréco-latins avec délice. Sortant des serres, nous
allons marcher dans les bois mitoyens. Sous le
doux incendie des chênes écarlates, des hêtres
pourpres et des liquidambars, je me dis c'est ça
que je suis venu chercher ici, pour ça que j'ai
quitté la France et ma mère; les fleurs de l'Amérique et ses arbres, je veux voir les chênes blancs
de l'Orégon, les chênes noirs de Californie, les

chênes Chikapin de la Sierra Nevada, les chênes à feuilles persistantes de la Louisiane. Il y a sept sortes de magnolias à travers le continent, le magnolia-concombre a des fleurs jaune canari, j'imagine leur parfum de citronnelle, qu'est-ce que j'attends pour courir le respirer? Qu'est-ce que j'attends de New York, de sa forêt de béton et de verre, de ses parcs que la neige, avant trois mois, aura envahis, annulés? N'ai-je pas assez souffert de la neige de Syracuse? A quoi bon assiéger les gens qui n'ont que faire de moi et de mes ambitions? Alison devrait comprendre, elle devrait deviner que même si, par miracle, je décroche un emploi à New York, je ne serai pas heureux, il nous faut partir tout de suite, comme les pionniers d'autrefois, vers une campagne, une vaste étendue, une vraie forêt, nous trouverons d'autres Glock pour nous donner asile, je travaillerai dans des champs, des jardins, Alison aussi. Peut-être habiterons-nous près la la mer, elle pourra se baigner au moins six mois de l'année, le temps sera lent, vrai, fertile. Tandis que si nous restons ici, à New York.

— Ça va mieux? demande Alison.

Je suis lâche :

— Ça va très bien.

— Vous avez l'air triste.

— Mais non, je vous assure, c'était beau les

serres tout à l'heure et là, ces arbres, je les aime,
je vous aime, je suis bien.

Elle sait que je mens. Alors elle me force à
m'asseoir sur l'herbe et s'allonge, la tête sur mes
genoux. Pour m'arracher au mirage des chênes
Chikapin et des magnolias-concombres dont je
n'ai pas osé lui vanter les charmes, elle reprend
la lecture du Guide Abondamment Illustré. S'abat
sur nous le déluge de viande, de beurre, de cacahuètes, de téléphones et de drugstores qui fait la
gloire de New York. Et la liste des parcs que l'on
n'appelle pas encore espaces verts, dont l'hiver
fera des espaces blancs. Et les dollars, les millions
de dollars dépensés. Je regarde le visage renversé
d'Alison, ses cheveux plus foncés sur les tempes à
cause de la chaleur, sa bouche d'où sont sorties
tant de belles phrases sur la solidarité des peuples,
d'où s'écoule maintenant un flot de chiffres. Parfois, je change d'avis, je me dis je l'aime, c'est la
seule chose qui compte, elle vaut bien que je
renonce, du moins pour le moment, aux chênes
Chikapin, sa peau est plus douce que les fleurs des
sept sortes de magnolias, elle mérite que demain,
après-demain je m'expose au mépris de Mr However et de Miss Nevertheless, je me laisse gagner
par sa bonne humeur.

Mais plus le temps passe, moins je trouve ça
drôle, moins je me résigne à cette fausse vie entre
le groupe de la 14ᵉ Rue, Irv, Norman, Howie, May,
Bab, et cetera et cette quête humiliante dans une
ville où il n'y a pas de place pour moi. Un matin,
je me réveille avec une méchante bête qui me
ronge le cœur, je sens qu'il va se passer quelque
chose, que mon destin a pris un tournant. Je me
lève, Alison dort toujours, les autres, comme
d'habitude, jonchent l'appartement sans portes,
je marche à côté d'eux sans me gêner, je heurte
une chaise, j'en fais tomber une autre, une rage
m'habite, monte, s'emballe, j'en ai assez, assez, je
le crie :

— Assez, j'en ai assez.

Personne ne m'a entendu, le sommeil du
groupe est profond. Alors je vais chercher ma
vieille valise posée dans un coin, près de la baignoire où dorment Bab et Howie et je l'ouvre en
prenant soin de faire le plus de bruit possible, je
crie une nouvelle fois :

— Assez, c'est fini, je m'en vais.

Cette fois on m'a entendu. Filles aux yeux
bouffis, garçons aux joues grises, la petite bande
me regarde, atterrée. Alison secoue la tête comme
pour chasser un cauchemar :

— Qu'est-ce qui se passe?

— Je m'en vais, Alison, je repars pour Syracuse, il me reste juste assez d'argent pour payer le voyage.

— Ce n'est pas possible.

Elle ne dit pas autre chose, elle répète ce n'est pas possible je ne sais combien de fois, elle est pâle, plus que pâle, elle a la figure qu'elle avait le jour où nous sommes partis de Nantucket. Et moi, avec des gestes désordonnés, je fais, je défais, je refais ma valise, je suis comme le prestidigitateur qui a raté son truc et ne sait plus comment ranger son matériel, comme un homme que les policiers viennent arrêter et qui ne se décide pas sur ce qu'il veut emporter en prison. Les autres, peu à peu, sortent de la stupeur où ma conduite les a plongés, Norman se met à siffler *Kokomo, Indiana*, Howie propose de préparer le petit déjeuner, on s'écarte de nous, discrètement, on nous laisse tête-à-tête, Alison et moi.

— Ce n'est pas possible, Chasbouillé.

— C'est possible, Alison, je m'en vais.

Elle a joint les mains, elle prend sur elle. De sa voix que j'aime, légère, un peu étouffée, elle tente de lutter, de discuter, elle me demande de prendre patience, elle est sûre que ça s'arrangera, mais je ne cède pas :

— Ça ne s'arrangera pas.

Je suis buté, pis que ça, possédé. Par quoi? L'orgueil, oui, mais aussi par quelque chose de

nouveau, une soudaine et sauvage impulsion :
compromettre ce à quoi je tiens le plus au monde,
je n'ai pas encore lu Proust mais, sans le savoir,
je suis son conseil, j'essaye d'anéantir mon amour,
je *commence* d'essayer. Un à un, avec une violence qui me surprend moi-même, je réfute les
arguments d'Alison, je les pulvérise, j'ajoute de
nouveaux obstacles à ceux qui existent, je parle
d'une voix sans timbre mais dure, je me sens
glacé, je me déteste mais je me donne raison. Et
Alison s'affole, elle me supplie : don't go, please
don't go, mais c'est trop tard.

— Trop tard, Alison.

Et je dis au revoir aux autres, à l'américaine,
pas de poignées de main, pas d'accolades, pour
tout le groupe à la fois un maigre petit salut. Alison s'accroche à moi.

— Je vais vous accompagner à Great Central
Station.

— Non merci, je préfère y aller seul.

Et je pense je ne veux pas te voir agiter la main
sur un quai de gare, bye, bye, comme Miss Ethel,
je ne veux rien lire, rien imaginer dans tes yeux
au moment où mon train s'en ira. Je franchis la
porte, Alison est toujours accrochée à moi. Par-
venu au perron, je pose ma valise pour l'embrasser, elle ne me supplie plus, elle ne pleure pas,
elle veut être brave, je crois. De la tenir contre

moi j'ai si mal soudain, je pourrais crier, je ne crie pas, je quitte ses cheveux, son odeur, c'est un supplice mais je ne flanche pas, je détourne la tête, je ne la regarde plus, je ne veux plus la regarder, ma première grande fuite, mon premier saccage, je les accomplis dans la dignité, je ramasse ma valise et je me détache tout à fait d'Alison, je la repousse presque, je descends les marches du perron, je suis dans la rue, elle parle, je n'entends que ses derniers mots : rien ne changera entre nous, rien ne changera, ever, ever, ever.

Nous avons décidé de prendre la direction de Paros, Petro a hurlé impossible, il y a du meltem par là, ça va souffler très fort. De ses dix doigts que l'indignation semblait multiplier par quatre, de ses sourcils qui n'en faisaient plus qu'un, il a pris le ciel à témoin de notre inconscience, un ciel pourtant net comme une lame, la mer une autre lame et Iannis a souscrit au diagnostic du capitaine, il sentait déjà le vent maudit sur son échine, je suppose. Jill ne disait rien, ni Jean-Loup, ni moi. Mais Clara n'a pas cédé. L'index vertical, elle a répété Paros je ne sais combien de fois de sa voix ferme et mélodieuse. Petro a dû obéir, l'Astraldo a fendu l'Egée dans le sens voulu, sans que les dieux grecs cherchent à nous châtier et nous avons fait une première escale à Sérifos, île sans touristes, toute en hauteur, avec un nuage, un seul — comme un oriflamme à son sommet.

Sur la plage où le canot de Iannis nous a conduits il y avait des roseaux. Coiffé d'un chapeau de paille qui couvrait en partie son visage, un homme en a coupé une gerbe et l'a juchée sur le dos de son âne. Je nageais non loin du rivage, je l'ai bien observé, cet homme, il était sec et lent, il avait l'air heureux. D'un instant à l'autre, il déciderait de rentrer chez lui sans se presser, il avait tout son temps, peut-être s'arrêterait-il plusieurs fois en route. Pour que son âne puisse brouter une herbe, un pissenlit pas trop grillés. Pour que lui-même se roule une cigarette et la fume, les yeux levés vers le nuage-oriflamme qui ne crèverait pas. Il passerait devant un café. D'autres hommes, aussi secs que lui, seraient assis sous une treille, on le hélerait, comment s'appelait-il, l'homme lent? Il boirait l'ouzo coupé d'une eau à la fraîcheur de grotte. Plus tard, arrivé à sa maison, tout en haut de l'île, il regarderait la plage où il avait cueilli les roseaux, d'autres plages, la mer. Il déchargerait son âne, à quoi serviraient les roseaux? Il enlèverait le bât, le licol, ce serait au tour de l'âne de boire et la buée du soir monterait doucement à l'assaut des choses et de l'horizon. Viendraient les étoiles. Oui, décidément c'était un homme heureux.

— Si nous suivions cet homme? dis-je à mes compagnons, c'est le guide tout trouvé pour découvrir Sérifos.

— Découvrir quoi? dit Clara, il n'y a rien à Sérifos. C'est un rocher, une île pelée, rincée par les pluies d'hiver, les vents.

— Nous sommes en été.

— Tu n'y trouveras aucun souvenir de ton cher passé.

— Comment le sais-tu?

— Je le sais. Je me renseigne, moi, je ne voyage pas dans le vide.

J'ai un sourire niais. Le vide c'est pour moi. Moi, je voyage dans le vide, je suis le vide incarné aux yeux de Clara. Voilà qui est gai. Je l'implore :

— Ça t'embête si on monte quand même?

Clara hausse les épaules.

— Comme tu voudras.

Depuis l'équipée, entre guillemets, d'avant-hier à Hydra, elle s'est acheté une nouvelle conduite. Adieu la suavité, vivent la désinvolture, la brusquerie, voire l'agressivité — que tempèrent, bien sûr, les inflexions veloutées de sa voix. Je ne suis plus Ffffou mais mec ou vieux, mon vieux, parfois même mon pauvre vieux. La nuit, quand je la rejoins dans notre cabine commune, elle ne

prend plus de pose tentatrice, façon Maja dénu-
dée ou Olympia, une hanche soulevée, un bras en
demi-cercle autour de la tête. Non. Madame se
drape au sens littéral du terme, Madame est ailleurs, elle ne lève pas le nez de sa nouvelle lecture
(une étude sur *la Relaxation au service de la
psychanalyse,* je ne suis pas sûr du titre). Je me
déshabille. Pas de commentaire sur les progrès de
mon bronzage, les oscillations de mon humeur,
le temps qu'il a fait, celui qu'il fera. Je range les
plantes que j'ai cueillies dans la journée, je
m'étends, je lis, pas de question. Soudain, Madame
décide que le moment est venu pour elle de s'en-
dormir. Concert de la cérémonie : pan, elle
referme l'étude sur la relaxation; wup, elle avale
une gorgée d'eau et un cachet de somnifère; pat
pat pat, elle aplatit sous sa tête le rempart de
coussins en liberty; clic, elle éteint sa lampe de
chevet; point final, elle me souhaite une bonne
nuit, d'un ton qu'elle voudrait jovial, voire farce.
Je réponds bonne nuit, Clara, d'un ton aussi naturel que possible, je ne me sens pas désinvolte, moi.

Et l'ascension de Sérifos me plaît. Nous suivons
l'homme que j'ai, voyageur ignorant, inconsé-
quent et *vide,* jugé heureux, nous le suivons à
l'allure de son âne, par de raides chemins, des
morceaux de désert, des terrains vagues couverts
de buissons brefs et calcinés. De loin en loin,

entre des rochers, un champ de maïs rachitique, un maigre bouquet de tamaris, des figuiers que les vents dénoncés par Clara ont tordus. On a étalé de la terre sur les terrasses qui servent de toits aux maisons, la terre de Sérifos est d'un rouge de sang caillé. Clara a raison, cette île n'est pas bénie par les dieux, ce n'est pas une île gentille mais qu'y puis-je si elle me charme? Si je les trouve beaux ces déserts, ces rochers, ce sang qui jonche les terrasses des maisons?

Clara marche la première, Jean-Loup vient après elle. Puis Jill, puis moi, je ne quitte pas des yeux la strawberry blonde. Elle a relevé ses cheveux humides en un chignon qui se défait déjà, je m'aperçois que ses oreilles, surtout la droite, sont décollées, ça m'émeut. Comme m'émeuvent son nez trop rond, son regard incertain. Alison non plus n'était pas parfaitement jolie, elle avait une grande bouche, de fortes dents, des cils décolorés par le soleil et qui le restaient l'année longue et j'aime ça, moi, chez une femme dont le corps est sans reproche, ces petites gaffes dans le visage, c'est un supplément de grâce.

Mais sur Alison, mort de faim et de soif, je m'étais rué, j'avais voulu tout et tout de suite, elle y avait consenti avec le même entrain. Jill, ce n'est pas pareil. Je la suis par les chemins et les déserts de Sérifos et je songe à la nuit d'Hydra, notre drôle de nuit, à son souffle d'animal confiant sur mon cou, à sa jambe sur la mienne et que nous sommes restés ainsi jusqu'à l'aube sans que j'aie cherché à interrompre ce glissement immobile, je me suis offert le luxe de ne pas profiter de la chance qu'elle m'a proposée. Nous avons fait la planche au lieu de. Et ce n'est pas à cause de mon âge, de toutes ces années entre nous. Aucune pensée de cet ordre ne m'encombrait, là-bas, à Hydra, devant le nonchalant combat du jour et de la nuit au-dessus de la mer.

Alors? Alors, eh bien, Clara, tiens. Sa générosité qui calcule, son sens pratique et l'obsession dont elle ne veut pas se débarrasser : sauver la croisière à tout prix. Elle m'avait envoyé Jill, je le savais bien, pour que je me dépêche de. Et que, repu, enfin apaisé, je redevienne un type de bonne compagnie. Pendant notre absence, elle a tout imaginé, tout accepté, elle a mis au point son attitude désinvolte, elle a dû la conseiller à tant de lectrices en peine, je connais ses formules par cœur : la jalousie est un sentiment démodé; on ne met pas un homme en cage. Elle a dû aussi se réciter Victor Hugo : *La liberté d'aimer est le même droit que la liberté de penser; ce sont les deux faces de la liberté de conscience.* Elle les a fait imprimer en rouge, ces graves sentences, l'année dernière, dans son journal, au début d'un article où elle avait mis un grand morceau de son âme. Le thème : Comment sauver votre couple quand survient *la* troisième personne. Elle estime qu'elle doit sauver *notre couple*. Pour cela, elle me fait cadeau de Jill, elle me la sert toute chaude sur son gadget : le plateau d'argent. Cela lui permet de jouer le rôle qu'elle préfère, elle reste fidèle à son personnage, Clara-Gaïa, c'est notre mère, elle prend les choses en mains, sa vigilance est à la hauteur de son effacement. Je devrais ruisseler de gratitude.

Seulement voilà : *notre* couple est une invention, la sienne, et je la refuse, je n'ai jamais dit à Clara je te demande en couple, veux-tu être mon accouplée? Ensuite, je ne suis pas Victor Hugo, je n'ai rien de génial et Clara n'est pas J. J., Juju, l'excellente Drouet laquelle, d'ailleurs, ne cachait pas son désarroi lorsque Toto adoré sacrifiait abusivement à la seconde face de sa liberté de conscience rue aux Choux, rue Verte, rue Neuve-des-Martyrs ou rue Frochot, n° 5, au fond de la cour, sixième étage. Enfin, l'ai-je assez dit? Je suis l'ennemi résolu de l'amour en famille ou en société. C'est mon côté *taré,* sans doute, mon côté kitsch mais je ne joue pas au plaisir comme d'autres au furet ou aux quatre coins, je ne l'éprouve que dans le tête-à-tête sans ombre, sans arbitre — même discret, même sujet aux disparitions, je ne

suis pas accommodant. Je veux Jill, je la veux de
toutes mes forces, de mon sang qui n'a pas trop
pâli depuis Alison mais je suis capable d'attendre
pour l'avoir à mon idée, à mon heure, dans l'endroit que je choisirai et personne n'en saura rien,
surtout pas toi, Clara.

— Ouf, dit Jean-Loup.

— Victoire, dit Clara.

Nous venons d'arriver à un village. Depuis combien de temps marchons-nous? Qu'est-ce que ça
peut me faire? Comme je l'ai prévu, l'homme aux
roseaux s'est arrêté plusieurs fois en chemin. Chaque fois il a lentement rejeté son chapeau de paille
en arrière, tourné vers nous son visage couleur
de tabac et il nous a souri. Ses yeux sont aussi
brillants que ceux d'Abi Glock, d'Abi love, il ressemble à un vieil Indien ce vieux Grec. La main
droite tendue, il nous désigne, à dix mètres, le
café du village, flanqué de son inséparable treille.
Tout à l'heure, nous désignera-t-il sa maison?
C'est là que je voudrais me réfugier avec Jill,
dans la maison de eet homme, entre quatre murs
blancs, il n'y aura pas de lit, nous nous allonge-
rons sur la gerbe de roseaux, c'est pour nous qu'il
les a coupés.

Assis à une table du café, d'autres hommes
saluent mon ami, l'incitent à se joindre à eux, son
nom est Yorgos, il hoche la tête en signe d'accep-

tation et va mettre son âne à l'ombre, il attache la corde du licol à une grosse pierre. Nous nous installons un peu plus loin, Clara enlève ses lunettes bleues, elle a chaud, les traits un peu tirés. Jean-Loup sort de sa poche un foulard mauve à dessins violets, il se tapote le front sous la frange de cheveux platine et les ailes du nez, les joues, le menton, il a des gestes de fille qui ne veut pas ruiner son maquillage, il doit penser des choses comme elle avait raison, Clara, elle est moche cette île, et quel raseur, ce Fou, c'était dingue cette expédition, dément, pas possible mais il ne dit rien et Jill ne parle pas davantage, son chignon n'est plus qu'un souvenir, ses oreilles ont de nouveau disparu sous l'averse de mèches roses. Derrière nous il y a le paysage qui descend vers la mer, son aridité qui m'enchante, la pyramide des chemins que nous avons gravis. Devant nous la rue principale de Sérifos, la poste, la boulangerie, un bazar à la vitrine poussiéreuse, des maisons aux volets clos avec des rideaux de rubans aux portes. Sur le trottoir, symétrique au chœur des hommes du café, un chœur de femmes de tous âges, chacune, selon la coutume, nantie de deux chaises, la première pour s'asseoir, la seconde, penchée, pour appuyer les mains au dossier et les pieds aux barreaux. Au bout de la rue, une vieille femme, courbée en deux, enduit de chaux le seuil de sa maison,

la murette qui la borde. L'autobus de Sérifos vient
de s'arrêter en face de la poste, son moteur tousse
avec violence, les voyageurs descendent, certains
portent des paniers, des volailles, des enfants
endormis, d'autres, comme dans la chanson, ne
portent rien. L'autobus cesse de tousser, les voyageurs s'égaillent sans agitation, nous commandons
des ouzos au patron du café, un vieux, la moustache en crocs. J'offre une cigarette à Clara, une
à Jill, Jean-Loup ne fume pas, il dit que ça jaunit
l'émail des dents. Je me lève, je vais à la table de
Yorgos et de ses amis, à eux aussi j'offre des cigarettes, j'ai droit à des ya su chaleureux mais sans
obséquiosité, c'est une des vertus du peuple grec,
la dignité dans la gratitude, elle n'égale que sa
dignité dans le don, ah que nous serions bien, la
strawberry et moi chez Yorgos le lent, Yorgos le
digne qui a les mêmes yeux qu'Abi Glock. Je
reviens à notre table, Clara m'accorde un regard
qui est un bon point. Et Jill, derrière la fumée de
sa cigarette, a le même visage soumis qu'elle avait
l'autre soir. A côté des petits verres d'ouzo, les
grands verres d'eau que le patron du café vient de
nous servir sont à l'image de l'instant, embués,
miséricordieux. J'oublie la machination de Clara
pour sauver notre couple fantôme, je laisse Victor
Hugo promener sa liberté de conscience de la rue
Frochot à la rue Verte, je suis tout à Sérifos. Mes

compagnons raisonnent-ils comme moi? Je le souhaite, il faudrait multiplier ces pauses dans une
journée, ces arrêts de la vie, ces trêves où tout
semble fluide, facile, ineffable. Jean-Loup rompt
le silence :

— Tu as vu ces étoffes, Clara?

De l'autre côté de la rue, derrière la vitrine
poussiéreuse, il y a des pièces d'étoffes empilées,
d'autres déroulées, en désordre, je distingue du
bleu, de l'orange, des rayures, des fleurs. Clara et
Jean-Loup décident d'aller dans le bazar, ils ont
envie de nouveaux paréos pour la suite du voyage.

— Tu viens, Fou?

— Non, je crois que je vais faire un petit tour,
par là, après la rue, il doit y avoir des chemins.

— Et toi, Jill?

— Moi comme Fou.

— Combien de temps?

Le temps, le temps, ah Clara, le jour où tu
comprendras que le temps ne se mesure pas. Je
refuse de m'énerver :

— Quelque temps.

Petit ricanement.

— Attention, le bateau.

— Le bateau ne partira pas sans nous.

A l'idée de toucher des étoffes, Jean-Loup a
repris bonne mine. L'ouzo et l'eau fraîche ont
fait du bien à Clara, elle remet ses lunettes et se

lève, vive, pétulante. Jean-Loup lui prend le bras,
ils se dirigent vers le bazar, en ouvrent la porte,
on entend le carillon des boutiques de ma jeunesse,
ting, ting, ting, quand les mammouths et autres
hypermarchés n'existaient pas et que l'on ne con-
cassait pas des musiques de columbarium sur la
tête des forçats du chariot et des lessives glou-
tonnes. De l'autre côté de la rue, Clara, frappée
d'espièglerie, s'amuse à ouvrir et à fermer plusieurs fois de suite la porte du bazar, le carillon
s'affole, elle me crie :

— Ça te plaît, mec?

Bon, la voici de nouveau désinvolte. Mais sans
brusquerie ni colère. Au contraire, sa question
s'accompagne d'un sourire succulent. Jean-Loup
est hilare :

— Extra, non?

Jill aussi s'amuse. Ses yeux d'oiseau de nuit
m'interrogent : on va avec eux? La marchande
du bazar vient d'apparaître, le carillon affolé de
sa porte ne semble pas l'avoir troublée, c'est une
femme sans âge, le teint aussi sombre que celui
de Yorgos. Les mains croisées sous la poitrine,
elle attend. Et Jean-Loup et Clara attendent, ils
ont deviné la question muette de Jill. Vais-je changer d'avis? Pour qui me prennent-ils? Je répète
posément :

— Je vais faire un tour.

— Bien, dit Jill dont les yeux ne demandent plus rien.

Je paye les consommations et je crie en direction du bazar :

— A tout à l'heure, rendez-vous ici.

— Ciao, fait Jean-Loup qui ne rit plus.

— Ne vous perdez pas, dit Clara qui rit encore.

— On essayera.

Et Yorgos, où en est-il? Je me tourne vers lui, je pense à sa maison dans le paysage sévère mais inviolé de Sérifos, il me sourit une fois encore. Sans pour autant me faire comprendre qu'il arrive, de patienter. C'est plutôt un sourire d'adieu, il n'a pas fini de boire ni de parler, ai-je oublié qu'il est lent? Tant pis ou tant mieux. Nous serons seuls, Jill et moi, pour découvrir les sortilèges de cette île rude et même terrible, nous n'aurons plus de guide, nous passerons devant sa maison sans savoir si c'est vraiment sa maison. Nous en trouverons bien une autre, aussi accueillante, je ne regarderai pas la terre couleur de sang sur la terrasse, je ne regarderai que la mer là-bas contre les plages blanches. La strawberry marche à côté de moi. Nous suivons la rue, la vieille femme qui enduisait de chaux le seuil de sa demeure s'est redressée, elle a terminé son ouvrage et le contemple, une main sur la bouche, un fichu enserre ses cheveux, on ne voit que ses yeux très pâles, deux

éclats de miroir. Nous lui disons bonsoir. Elle
répond. Kalispera. Et nous avançons comme por-
tés par la douceur de cette parole, Kalispera, du
ciel où flotte le nuage solitaire. Nous montons
des escaliers, nous traversons une place dallée en
étoile, nous descendons d'autres escaliers. A gauche, une chapelle semblable à toutes les chapelles
de Grèce, moitié meringue, moitié igloo, avec une
niche creusée dans un mur et une lampe rouge
devant une icône en fer-blanc. A droite, un bâti-
ment sans style, toutes fenêtres fermées. La mairie
de Sérifos? La salle des fêtes? Je veux, moi, qu'il
y ait des fêtes à Sérifos. Nous quittons la place en
étoile, nous prenons une rue, une autre, une
venelle qui grimpe, étroite comme un goulet. Nous
croisons deux enfants, l'un qui porte une assiette
d'un air grave, le second qui joue avec une boîte
de conserve, la pousse devant lui, imitant le bruit
d'un moteur entre ses dents serrées et puis soudain c'est le silence. Aux maisons habitées d'où
sortaient un appel, un bruit de chaises remuées,
succèdent des maisons à l'abandon, certaines bar-
ricadées, d'autres béantes, offertes, avec des taches
de vie sur les murs, la trace d'un fourneau, un
vieux calendrier pendu à un clou; par terre, un
nid de bouteilles cassées, un fagot de bois, une
chemise en loques. Où sont ceux qui ont vécu
dans ces maisons? A Athènes, vendant des pista-

ches et des cartes postales aux touristes de Plakha?
A Paris, rue de la Harpe, servant des brochettes
aux motocyclistes qui, le samedi soir, envahissent
le quartier Latin? A Marseille? En Australie?
C'est la misère qui les a contraints de partir, je le
sais bien mais je suis un sale égoïste, je ne veux
pas méditer là-dessus, pas en ce moment, pas
après l'image de bonheur que m'a offerte Yorgos.
Je pense à Jonathan, le designer d'Hydra, je
devrais suivre son exemple, acheter trois ou seulement deux ou seulement une de ces maisons, de
ces coquilles d'où la vie s'est échappée, j'y passe-
rais la fin de l'été, l'automne. L'automne à Sérifos
avec Jill. Nous connaîtrions des journées aussi
étincelantes et sereines que celle qui vient de
s'écouler et de longues soirées, de longues nuits
aussi claires que les nuits d'été, nous marcherions
dans la campagne, dans les déserts et les terrains
vagues où l'herbe repousserait, nous prendrions
des bains de mer jusqu'en novembre. Quand viendraient les pluies et les tempêtes prédites par
Clara, nous monterions dans l'autobus bronchi-
tique, nous gagnerions le port, un caïque nous
conduirait à Hydra ou à Paros. Grâce aux paquebots qui desservent les Cyclades, nous connaîtrions d'autres îles, des bénies des dieux, des gen-
tilles, nous y resterions le temps de comprendre
que Sérifos-la-Terrible est celle que nous préfé-

rons, nous y reviendrions pour voir fleurir les
crocus et les orchidées sauvages. Ophrys aesculapii, Ophrys tenthredinifera, nous dormirions sur
un lit de roseaux, qu'en pense Jill?

— A quoi penses-tu?

Le crépuscule a débarqué sans prévenir, versé
ses encres un peu partout de la terre à la mer.
Nous sommes debout côte à côte, adossés à la
dernière maison vide, elle n'a ni portes ni volets.
Jill ne répond pas à ma question, ses yeux bizarres sont fixes, élargis, elle me prend le bras,
m'oblige à entrer dans la maison sans portes.
M'oblige? Elle s'assied sans me lâcher, je m'assieds, nous nous allongeons, il n'y a pas de
roseaux, le sol est en terre battue. Un instant j'imagine Clara, là-bas, elle a quitté le bazar, elle est
revenue au café, elle s'est acheté une étoffe orange,
Jean-Loup une étoffe mauve assortie à son mou-
choir. Ils ont fait mesurer ces étoffes et maintenant
ils mesurent le temps. Clara dit : les marins vont
être furieux ils ne nous ont pas attendus, l'Astraldo est dans le port. Et Jean-Loup répond où
est le port? Comment le trouver? Yorgos est parti,
ses amis également et le chœur de femmes a disparu du trottoir, elles préparent le souper, le
patron du café vient d'allumer les deux ampoules
électriques accrochées à la treille. Clara dit je
préférais la pénombre, elle s'efforce de rester

calme, elle y parvient, elle boit, elle en est à son troisième ouzo, Jean-Loup à son quatrième, il a faim, le patron du café leur apporte des olives, Clara renverse la tête, elle feint de regarder les étoiles, c'est nous qu'elle voit, Jill et moi. Ses yeux bruns où se mêlent indulgence, agacement et pathétique (ne jamais oublier qu'elle est *aussi* pathétique), ses yeux me poursuivent, ce sont deux papillons de nuit qui voltigent sur les murs ébréchés de la maison morte, je les chasse ou, plutôt, j'essaye de les chasser et mes belles résolutions s'écroulent, se fracassent, mes déclarations d'indépendance et de dignité, je ne suis pas digne, je n'ai aucun caractère, je suis aussi faible qu'égoïste. Mais les cheveux de Jill. Mais l'odeur et le goût de sa peau. La maison n'est plus morte, j'y vois fleurir l'églantine-de-mer, le dusty miller, la fumée-de-fée. Pour un peu j'y entendrais le bobwhite siffler ses deux notes, je suis en Amérique, j'ai vingt et un ans, j'ai retrouvé Alison et je. Nous.

II

II

Nous n'avons pas été à Paros. A force d'être invoqué par Petro, le meltelm, dynosaure aérien et furieux, a fini par surgir, il a froissé la mer, il l'a besognée, labourée, son meuglement a investi nos oreilles et l'Astraldo n'a dû son salut qu'à la fuite. Toutes voiles baissées, moteur lancé à fond, nous avons quitté Sérifos pour Hydra. De là, nous sommes remontés vers le cap Sounyon, nous avions encore onze nuits et dix jours devant nous, à quoi bon gaspiller plus d'un soir sur ce rivage défiguré par les tavernes-casernes, les machines à sous et les papiers gras? Sitôt arrivés, nous avons décidé d'un commun accord de troquer la mer Egée pour la mer Ionienne. Au dire de Petro, le meltelm ne nous y poursuivrait pas.

A la veille du départ, petit drame. Nous avions dîné dans une des casernes, j'étais reparti à bord avec Jill dans le canot de l'Astraldo, Iannis tenait

les avirons, il est retourné à l'embarcadère chercher Clara et Jean-Loup. Peu avant de parvenir
au bateau, le canot a été pris dans un tourbillon,
bousculé, déporté. Affolé par les cris de Jean-
Loup, Iannis a détaché, sans le vouloir, un aviron.
Du pont de l'Astraldo, Petro a jeté une amarre,
Iannis l'a saisie mais elle lui a échappé des mains.
Tandis que Petro insultait son second d'une voix
de tragédie, j'ai plongé puis, tenant le bout de
l'amarre, j'ai nagé vers l'embarcation chahutée,
je m'y suis agrippé, Iannis et Jean-Loup se sont
tous deux cramponnés à l'amarre, Petro nous a
halés, il y a eu des embardées, des dérapages mais
la Providence veillait sur nous, sans doute, ou
quelque chose comme ça, la veine, la pêche, comme
dit Clara, si faible quand elle est parvenue à
l'échelle qu'il a fallu la hisser. Jean-Loup ne valait
guère mieux, on l'a soulevé comme un gros poisson flasque. Une fois sur le pont, il s'est offert
une crise de nerfs. Se couvrant le visage des deux
mains pour cacher ses larmes, il a gémi en appelant
sa mère, maman, maman. Pourquoi n'appelait-il
pas sa grand-mère, le rossignol aux serres de
vautour? Clara s'est jetée dans mes bras, merci,
Fou, je n'oublierai jamais.

Puis-je en dire autant? Tout cela, cette bataille
contre les éléments, ces gestes qu'il m'a fallu
accomplir, cette force neuve née de la plus

ancienne des peurs, oserais-je m'avouer qu'ils me paraissent maintenant irréels? Qu'ils ont disparu avec le meltelm, le visage soudain détruit de Clara, ses yeux rapetissés et ses serments de gratitude? Ai-je rêvé le cauchemar qu'elle a eu au milieu de la nuit suivante, le cri qui a réveillé tout le monde à bord? Et la traversée du canal de Corinthe, le surlendemain, à quoi se résume-t-elle aujourd'hui? Je crois me rappeler l'aube aux nuances de petit-lait, la longue tranchée verticale où nous avons glissé avec l'impression de remonter le ventre de la terre, qu'allions-nous trouver de l'autre côté du corridor taillé dans une roche blonde, comme soyeuse? Me le suis-je seulement demandé? Etait-ce important? Etais-je là?

Des images tremblent dans ma mémoire, se déchirent déjà, elles ne tarderont pas à devenir miettes, fumée. Je revois encore, mais jusqu'à quand? la plage où nous avons accosté près d'Haghios Ioannis, l'horizon que la chaleur faisait vibrer, les rochers qui sortaient de la mer comme des mirages, je revois Itéa où nous nous sommes arrêtés ensuite, quand? C'était la fête, quelle fête? En quel honneur? Là-haut, après la forêt d'oliviers, longue fourrure presque grise, il y avait Delphes et tous ses trésors, Apollon, l'aurige aux prunelles d'émail, le stade où j'aurais volontiers conjuré les athlètes de la Grèce héroïque, nous y avons renoncé. Descendus de régiments de cars, des kyrielles de visiteurs grouillaient sûrement dans le plus beau sanctuaire du monde. Y en avait-il qui se faisaient photographier sur les marches du temple d'Apollon comme j'en ai vu, un jour, posant à califourchon sur les lions de Delos? Nous leur avons préféré, à Itea, dans une grand'rue poussiéreuse et surchauffée, la procession conduite par un pope à la barbe et aux cheveux de Santa Claus, l'ai-je vraiment vu, ce pope? Ne suis-je pas en train de l'inventer, comme les athlètes dans le stade de Delphes? L'orphéon qui suivait, tambours, cymbales, fifres, la foule qui se pressait derrière, vieilles dames qui se donnaient le bras, jeunes filles qui se tenaient par la taille, hommes aux regards d'ogres, immobiles sur leur passage, cette Grèce en liesse et en couleurs a-t-elle existé? Ou bien n'est-elle qu'un mirage de plus, un fantasme, comme dirait le psychanalyste de Clara et Clara elle-même, un rempart que je crée de toutes pièces pour y dissimuler l'autre, ma Grèce secrète, mon voyage à moi, celui que j'accomplis en la seule compagnie de Jill, hanté que je suis par les songes où elle m'entraîne, les souvenirs que, sans le savoir, elle ressuscite et qui sont plus présents que le présent? Tout se passe un peu, il me semble, comme dans la chanson de Charlebois :

Cartier, Jacques Cartier
Si t'avais navigué
A l'envers
De l'hiver
Du côté
De l'été
Aujourd'hui on aurait
Montréal à Dakar, Conakry ou Tanger.

Je ne navigue pas à l'envers de l'hiver, du côté
de l'été, j'y suis en plein, dans l'été, et peu
m'importe que Montréal se retrouve à Tanger
mais la fantaisie de Charlebois je l'adopte, je
dérègle le mouvement non de la terre, plutôt celui
de la vie, je voyage à l'envers de mon âge, du
côté d'Alison et c'est l'œuvre de Jill, la grâce qu'elle
accorde à l'amateur de grâce que je suis. Il y a
des gens, je l'ai entendu dire, qui ratent bien des
marches sur l'escalier du temps. Moi qui ai l'art
de rater tant de choses, tant d'occasions, pourquoi
n'aurais-je pas raté toutes les marches de mon
escalier personnel entre Alison et Jill? Elles sont
les seules étapes que j'ai choisies depuis que j'ai
appris à aimer, les seules vérités que j'ai connues,
leurs amériques se succèdent au point de s'enchaî-
ner, je voudrais qu'elles se confondent, je le veux.
L'Astraldo a vogué treize heures de suite pour
nous mener de Corinthe à Ithaque et j'ai pensé

que, pour aller de Syracuse à New York, cet hiver-là, pour retrouver Alison, un certain week-end, il m'avait fallu treize heures. Au cours de cette équipée sur la mer parfois déserte, son vaste corps liquide interminablement étiré, parfois semée d'îles fantomatiques, j'ai retrouvé la vallée de l'Hudson dévorée par la neige, le long chemin livide et désolé que j'avais parcouru, dans une voiture qui dérapait sans cesse, pour recueillir, au bout, la joie si vive, aussitôt menacée, de serrer celle que j'aimais contre moi. Et quand Ithaque est venue à nous, quand elle s'est approchée, ouverte comme bras en corbeille, c'était New York que je voyais encore, cet hiver-là. L'île verte, plus que verte, veloutée, ses cascades de cyprès et de vignes, ses maisons à l'italienne, murs ocre, volets pistache, tout a été aussitôt criblé de flocons de neige, déchiqueté, éparpillé et Manhattan m'est apparue dans l'orage glacé de ses lumières. Jill a réclamé une halte un peu avant l'entrée dans le port. Treize heures à rêver, concentrée sur un abricot ou un fenouil, dans leur paix végétale, c'était long, quand même. Elle a nagé à l'accoutumée avec violence et allégresse et pour moi c'était Alison allègre et violente dans le lit de la 14ᵉ Rue, dans tous les lits de nos amours, c'était elle aussi, Jill, dans la maison morte de Sérifos, même élan, même générosité sauvage, même abandon au plaisir. Et moi je restais moi, un homme au cœur inaltérable, propriétaire exclusif d'une jeune fille qui n'avait fait que changer de prénom.

A l'heure du dîner, sous la treille classique, devant moussaka et retzina rituels, Clara a décidé de psychanalyser Pénélope, elle avait entendu parler d'un ouvrage récent (le cinquantième?) sur la sédentaire d'Ithaque, on y contestait une fois de plus sa fidélité et, pour Clara, c'est toujours un régal, le doute qu'on fait planer sur un mythe, elle dit mytttthe et son visage s'éclaire à la façon diffuse et délicate des lampes Art Nouveau, tandis que dans ses yeux explose la joie primitive de l'enfant qui écrase son jouet, de l'émeutier qui décapite une statue, de la tricoteuse qui parvient à faire de la charpie avec les robes de Marie-Antoinette. De surcroît, parmi tous les sentiments, celui qu'elle préfère mettre en pièces c'est bien la fidélité. Elle a un rire carnassier quand elle prononce ce mot. Sa diction, d'habitude si nette, en est toute barbouillée, elle croque des syllabes au passage, ça devient *fideté* ou *filté* et elle met les points sur les i : non, on ne parlera pas de la fidélité à œillères, celle que prêchaient les curés d'autrefois et que pratiquaient Philémon et Baucis. Ah, ces deux-là, ajoute-t-elle, quels gnangnans, ils n'ont pas été transformés en arbres, ils n'ont pas été transformés du tout, ils sont restés ce qu'ils étaient au départ : deux bûches. Pénélope, heureusement, c'est plus compliqué.

— Qu'est-ce que tu penses de Pénélope, Jean-Loup?

— Ben, tu sais, moi je préfère Ulysse.

— Je ne te demande pas de me parler de tes inclinations.

— Qu'est-ce que tu vas imaginer? Je préfère Ulysse parce qu'il revient. Celui qui revient a plus de mérite que celui qui attend, à mon avis.

— Explique-toi, ai-je dit, cordial.

— Je vais quand même pas te faire un dessin.

J'étais vraiment d'excellente humeur :

— Si, si, je t'en prie, fais-moi un dessin.

— Vas-y, Jean-Loup, a dit Clara, tu as sûrement quelque chose à dire.

— Bon, eh bien voilà : quand on s'en va, on rencontre des gens, des tas, et même si on aime beaucoup une personne, on peut en avoir envie, de ces gens. Et alors, ou on se met la ceinture, ou on se la met pas, c'est pas ça qui est important. Ce qui est important c'est de revenir quand même, un jour, en laissant ces gens et surtout en chassant l'idée qu'il y en a d'autres.

Il était tout retourné par sa profession de foi, tout ému. Clara lui a pincé la joue :

— Tu vois que tu avais quelque chose à dire.

Il était encore en plein dans son sujet :

— Celui qui revient, chapeau.

J'ai pris un air déçu :

— Et celui qui attend, pas chapeau?

— Moins, a répondu Jean-Loup. Trop peinard.

C'est à ce moment-là que le visage de Clara s'est allumé comme une lampe en pâte de verre 1900 :

— Moi, je pense.

— A ton tour, Clara, ai-je dit.

Elle a renversé la tête, levé les yeux au ciel pour mieux se concentrer sur ce qu'elle allait dire. La nuit était tombée, je ne me souviens que d'ombres aux tables voisines de la nôtre et de la chaleur qu'une brise étiolée n'arrivait pas à percer. J'imaginais une Pénélope paisible comme Alison, silencieuse comme Jill, elle en avait fini pour la journée de sa toile ou de sa tapisserie, elle avait tout le temps de la défaire. En attendant, elle se faisait éventer par ses serviteurs mais elle ne les regardait pas, elle ne les voyait pas. Devant elle, en elle, un seul visage : celui de l'homme qui allait revenir. Clara refusait une incarnation aussi conventionnelle. Elle a répété moi je pense, deux ou trois fois, histoire d'accorder au plus doux ses cordes vocales, et sa Pénélope a surgi de la nuit d'Ithaque comme le géant de la lampe d'Aladin. Sa Pénélope, son amie, sa sœur. Sa création favorite. Elle l'avait mise au point avec Théo, son psychanalyste, après avoir interrogé, sous sa direction, quantité de femmes qui se croyaient fidèles et qui n'étaient que passives, d'autres qui se jugeaient infidèles et qui, bien au contraire, étaient des rocs, des modèles d'attachement. Après avoir lu *l'Odyssée* dans les Classiques Garnier (elle les avait tous au journal) et l'*Ulysse* de Joyce (tout au moins le dernier chapitre). Sans quitter sa voix de dessert garanti pur sucre, elle a clamé sa préférence pour l'héroïne de l'Irlandais, Molly Bloom. Et pas seulement parce que son Bloom et elle se retrouvaient à la fin, d'accord, c'est épatant de revenir, Jean-Loup, mais savoir attendre comme il faut, occuper son attente pour la rendre utile c'est aussi chouette. Molly Bloom, a expliqué Clara, avait autant de tête que de cœur. Au départ elle était comme beaucoup de femmes, remplie d'illusions, elle se rêvait fleur des montagnes, elle avait des envies de poire fondante et de pantoufles rouges, c'est-à-dire de confort et de paix conjugale. Cependant elle trompait son Bloom à tire-larigot. Et pas exclusivement pour son plaisir. Par devoir, a tranché Clara. Par devoir surtout.

— Sans blague? a fait Jean-Loup.

— Et *ta* Pénélope? ai-je demandé.

La Pénélope de Clara était plus mesurée que

Molly (les Irlandais n'ont pas le sens de la mesure), mais elle avait autant de *tonus,* elle ne craignait pas de tromper son Ulysse. Parce que c'était pour lui qu'elle agissait ainsi. Pour que, à chaque étape de son interminable voyage, il ait de quoi penser à elle. S'il n'avait eu dans l'esprit que la vision d'une victime, confite dans sa résignation et sa patience industrieuse, serait-il revenu? Aurait-il laissé tomber, successivement, Nausicaa, la ravissante Calypso (après dix ans) et surtout Circé, la diabolique? En imaginant Pénélope courtisée, tentée, faillible, consentante, il avait de quoi attiser sa passion, la rafraîchir, l'attiser de nouveau, bref la faire vivre. C'est grâce aux engrais appelés doute, soupçon, jalousie que croît le désir, qu'il fleurit et fructifie, essentiellement le désir de revenir à quelqu'un.

— Chapeau, ai-je dit.

— Ça alors, a dit Jean-Loup, j'aurais pas pensé à tout ça. Qu'est-ce que t'es gonflée, Clara.

— Les hommes ont besoin qu'on les aide à souffrir, a dit Clara, non sans grandeur.

— Et les femmes?

— Les femmes se débrouillent toutes seules.

Il y a eu un silence. Dans la nuit brûlante, la déclaration de Clara est restée suspendue comme une étoile supplémentaire, celle des femmes toujours vigilantes, actives, qui se débrouillent toutes

seules, pour souffrir, pour aimer, être aimées, bri-
coleuses du cœur, infirmières des sentiments, ves-
tales jamais prises en défaut, ajustant avec art leur
énergie et leur imagination aux circonstances. Si
je m'étais senti moins gai, j'aurais demandé à Clara
de développer sa pensée, de démonter encore les
rouages de l'âme féminine dont, subtile horlogère,
elle semblait connaître les secrets les plus inatten-
dus, les ressources les plus singulières. Je ne l'ai
pas fait, je suis encore plus flemmard que d'habitude quand je suis gai. Et sa Pénélope commençait
de m'ennuyer, je redoutais que Clara ne lui fît
succéder une héroïne de même race, Juliette
Drouet, par exemple, que sa fantaisie psycholo-
gique éclaire de bien étrange façon. Ne la soup-
çonne-t-elle pas d'avoir payé de ses propres deniers
les vilaines passades de son Toto? De lui avoir
offert, en douce, ses diverses Lia Felix, Veuve Go-
dot, Louise David et Marguerite Héricourt et les
créatures plus anonymes de la rue Verte ou de la
rue Frochot? D'avoir versé, la folle, elle-même,
les *sec.* (pour secours, quels secours) qu'il consi-
gnait avec soin dans son journal? Afin de tout
partager avec lui, décrète Clara, trouvant cela
magnifique. Je me suis donc tu. C'est Jean-Loup,
songeur, qui a relancé la conversation :

— Calypso, Calypso, tu es sûre que c'était une
femme? Moi, je crois bien que c'était un garçon.

Il devait être aussi comme *ça*, Ulysse. Un Grec est toujours un peu comme *ça*.

Le fou rire. Je ne pouvais plus m'arrêter. Clara s'est chargée de dégriser l'éphèbe à moustaches :

— Toi alors. Et comment le vois-tu, s'il te plaît, *ton* Calypso? Encore un ours? Avec une casquette de pompiste? Comme le chauffeur d'Epidaure? Allez, dis-lui la vérité, Fou. Il n'était pas du tout comme *ça*, le pauvre Ulysse, n'est-ce pas?

Je riais toujours :

— Sait-on jamais?

— Qu'est-ce que tu en penses, Jill? a demandé Clara.

Jill. Elle n'avait pas proféré un mot depuis le début du dîner. Elle n'avait ouvert la bouche que pour la moussaka et le retzina. Néanmoins ses yeux indiquaient qu'il l'amusait, le débat sur les héros d'Ithaque et la fidélité, ses yeux d'oiseau de nuit, rapprochés et pâles. Elle s'était intéressée aux états d'âme de Pénélope et d'Ulysse autant, presque autant, qu'au bien-être de son corps mais elle s'était bien gardée de nous en prévenir. Et moi, tout en adorant son silence, j'espérais qu'elle en sortirait pour donner son point de vue, j'aimais, j'aime *aussi* l'entendre parler.

— Alors Jill?

— Alors quoi?

— Il était comme *ça*, Ulysse, à ton avis?

— Pourquoi pas?

— Qu'est-ce que j'ai dit? s'est écrié Jean-Loup, triomphant.

— Moi, celui que j'aime, a repris Jill, c'est le Cyclope, celui à qui Ulysse crève l'œil. Bing. Avec son bâton.

Ses yeux à elle encore plus rapprochés. Et ce geste bref mais ferme. Sur le bing, sa fourchette devenue épieu, là, en plein dans l'œil du Cyclope.

— Il était très attractive, le Cyclope, a encore dit Jill de sa voix aussi légère, aussi enfantine que celle d'Alison.

— Sans blague? a dit Jean-Loup, décidément abonné à cette expression. Alors pourquoi lui crève-t-il son œil, Ulysse?

— La fatalité, a dit Jill, haussant les épaules.

— Mais qu'avait-il de si séduisant, ce Cyclope?

— Tout, a dit Jill. Pour moi, c'est Moshe Dayan. Ou Sir Laurence Olivier dans *Lady Hamilton*.

Moshe Dayan, un vieux, plus vieux que moi. Et Laurence Olivier encore bien plus vieux. Elle les trouvait attractive, quelle surprise délectable. Je n'ai pas osé lui demander où, comment elle avait vu le film, *Lady Hamilton* qui date de vingt ans, vingt-cinq ans. La conversation aurait dévié vers les ciné-clubs, le cinéma, je préférais insister pour qu'elle s'étendît sur les vertus de Moshe et de Sir Laurence, cyclopes et séducteurs.

— Qu'est-ce que tu?

Elle m'a interrompu :

— De toute façon, ils ne sont fidèles ni l'un ni l'autre. Ni Pénélope, ni Ulysse.

— Ah, et pourquoi? a demandé Clara.

Jill a secoué ses cheveux de strawberry blonde :

— Quand un homme est fidèle, il ne s'en va pas. S'il s'en va, quand une femme est fidèle, elle part avec lui.

Et voilà. Le mot de la fin. Je l'aurais volontiers embrassée celle qui l'a eu. D'abord parce que je ne pensais qu'à ça, au fond, depuis le début du dîner, comme d'ailleurs avant, à toutes les heures, à chaque seconde, l'embrasser, la serrer contre moi. Ensuite parce que, une fois de plus, elle me ramenait vers Alison, hop, hop, une petite cabriole en arrière, dans le temps. Je vous en supplie, Alison, venez avec moi, suivez-moi à Syracuse, je ne peux pas vivre sans vous. Laissez tomber New York et vos amis. Venez faire vos études ici avec moi, à côté de moi. Si vous m'aimez comme je vous aime, ne me quittez pas. Et j'insistais, j'insistais chaque fois davantage, à chacun de mes voyages

à New York. Tout ce temps perdu et tout ce pays
entre nous, toute cette route dans la neige. Treize
heures pour ne vous voir que deux jours, même
pas, c'est trop dur, c'est inhumain. Elle protestait.
Mais je ne peux pas, qu'est-ce que je dirai à mon
pop? Dites-lui la vérité, il le faut, vous n'êtes plus
une petite fille, quand même, vous êtes une femme,
ma femme, mon amour.

— Pas tout de suite, disait Alison, attendez
encore un peu, je vous en prie.

Et les semaines passaient, les mois. Dès que
j'avais assez d'argent, je partais vers elle. Parfois
tout allait bien, les garçons et les filles du groupe
nous laissaient tomber pour se rendre à une party,
un match de football entre deux universités, la
réunion d'un comité pour ou contre quelque chose,
inespéré, merveilleux, nous étions seuls, tous les
deux, dans l'appartement de la 14ᵉ Rue, nous pouvions nous aimer en toute liberté, nous n'avions pas
d'autre *occupation,* comme dit Clara. Dehors il
neigeait, les parcs de New York n'avaient rien
d'autre à nous offrir que des allées verglacées, des
arbres nus pareils à des gibets et des pelouses où
des enfants faisaient de la luge. Dans les rues
c'était la gadoue ou le tapis blanc souillé par les
poubelles débordantes, nous ne sortions pas, nous
étions deux prisonniers consentants, ravis, je re-
trouvais le bonheur de Nantucket. Parfois, au

contraire, tout allait mal. Il suffisait qu'Alison prît son bain dans la baignoire exposée aux quatre vents, que Norman, Howie, Dick ou Irv se promenât dans les parages, alors un démon s'emparait de moi, j'attaquais le garçon, je le provoquais sur tout et sur rien, sur ses idées, la politique, quelle barbe, à quoi cela sert-il? sur sa façon de s'habiller, depuis quand n'avez-vous pas lavé votre salopette, Howie? Je demandais à Norman si tous les programmes de radio étaient aussi bêtes que le sien, je disais à Dick que le vin italien contenait de la mélasse, bref j'étais exécrable et, petit à petit, ils se sont tous mis à me détester, dans le groupe. Et ça me plaisait. Alison avait l'air triste, ça me faisait mal mais ça me plaisait aussi. Elle me suppliait de me calmer, elle me prenait les deux mains, les appuyait contre sa joue fraîche : calmez-vous, Charles Boyer, je vous en supplie, I beg you. Ou bien elle me demandait que vous arrive-t-il? Vous n'avez pas confiance en moi? Vous voulez me brouiller avec tous mes amis? Je répondais : ces imbéciles? ces crampons? Oh oui, je voudrais vous brouiller avec eux, ils n'ont rien à vous apporter, ils ne vous valent pas, ils ne méritent pas votre amitié. J'en remettais, j'étais vexant, cruel, idiot, le gâchis m'était une consolation.

Et puis au printemps l'inévitable est arrivé, on m'a chassé de la 14ᵉ Rue. Un soir, après une party

particulièrement animée. J'avais bu. Le Manhattan
de Norman, verre après verre. Et le vin de Dick,
tout en répétant que je le trouvais détestable. Pour
détendre l'atmosphère, quelqu'un a proposé de
continuer la nuit dans la boîte d'un noir qui chantait et jouait du piano, le groupe traversait une
crise d'antiracisme, je partageais leurs opinions
mais je faisais exprès de m'en moquer et ma balour-
dise n'avait d'égale que ma méchanceté. On faisait
semblant de ne pas m'entendre, les regards glissaient sur moi, pleins de colère et de pitié, ceux des
filles surtout : j'étais un cinglé, un malade, Bab
m'avait dit un jour, et ses yeux derrière les grosses
lunettes étaient deux pistolets : vous devriez vous
faire soigner. Donc, ils voulaient, cette nuit-là,
aller dans le haut de la ville, près de Harlem, écouter leur nouvel ami, Sandy Johnson, chanter et
jouer du piano. J'ai dit allez-y si vous voulez, moi
je reste et Alison aussi. Or Alison, pour une fois,
ne voulait pas céder à mon caprice, elle avait envie
de suivre les autres, elle aimait Sandy Johnson, son
piano, les jolis rythmes syncopés qui naissaient sous
ses doigts et sa voix qui ondulait comme un long
ruban sur l'air enfumé de la boîte de nuit.

— Moi aussi, je vais chez Sandy, a-t-elle dit
aussi calme que d'habitude.

Alors je suis devenu fou, je lui ai serré le bras,
je l'ai serré de toutes mes forces, elle n'a pas crié.

— Je vais entendre Sandy, a dit Alison.

— Non, vous restez avec moi.

N'y tenant plus, Howie et Irv sont venus au secours de leur amie, ils ont tenté de nous séparer. C'est moi qui ai donné le premier coup de poing, j'en ai reçu, j'en ai rendu. La bagarre. Ah, si Clara m'avait vu. Elle qui m'accuse de manquer de violence aux bons moments. Je ne sais pas si c'était un bon moment, je suis même persuadé du contraire, en tout cas je ne manquais pas de violence, j'étais déchaîné. Je frappais dans tous les sens, les visages, ailleurs, où je pouvais. Les filles sont venues à la rescousse, on a essayé de me maîtriser, tous contre moi sauf Alison qui criait assez, assez, je vous en prie, la rage me brûlait, je me suis débattu. Tandis qu'Alison, horrifiée, versait des larmes (ses premières larmes devant moi), j'ai tiré Vanessa par sa queue de cheval, elle a poussé des cris de souris qu'on torture, les autres filles, May, Bab, Polly m'ont pincé, griffé, j'avais du sang sur les mains, le cou, je continuais de me battre. Combien de temps cela a-t-il duré? Le temps d'un cauchemar. Les garçons ont fini par me traîner jusqu'à la baignoire. Malgré les supplications d'Alison, ils ont fait couler de l'eau froide et ils m'ont jeté dedans, tout habillé. Je n'étais plus Charles Boyer, ni même Charlot, j'étais Gribouille, le chien que l'on voudrait noyer, un minable. Quand je suis sorti de

la baignoire, grelottant, dégrisé, les garçons et les
filles du groupe étaient devenus mes juges. On m'a
tendu des vêtements secs, on a attendu dans un
silence épais que je les enfile et on m'a reconduit
jusqu'à la porte avec ma valise.

— Qu'on ne vous revoie plus.

Alison m'a suivi. Ils ont voulu la retenir, elle
a dit non je pars avec lui et elle leur a dit au
revoir, un petit signe navré, désolé, émouvant mais
eux, non, ils ne voulaient plus se laisser émouvoir,
ils ne le pouvaient plus. Vous avez tort, Alison, ont
dit les garçons, et les filles ont été aussi implacables. Même ses roomates qui l'aimaient tant,
même Bab et May l'ont laissée partir sans lui
tendre la main, sans un mot de sympathie. Et nous
nous sommes retrouvés tous les deux dans un petit
hôtel du Village que tenait un ami du groupe. Il a
condescendu à nous donner une chambre pour la
nuit. Pour une nuit seulement, a-t-il précisé, vous
n'êtes pas mariés, je ne veux pas d'ennuis avec la
police. Et nous avons accepté cette charité, une
chambre pour une nuit, avec gratitude et confu-
sion. J'avais des balafres sur les mains et le cou,
Alison un pauvre visage, les yeux rouges.

Oh, pourquoi faut-il que je revive tout cela?
Pourquoi cet hôtel qui a sombré corps et biens
dans l'oubli, cette chambre depuis beau temps
volatilisée, sauf pour une image déchirante : Alison
en pleurs tandis que je la tiens contre moi, écor-
ché, miteux, mort de honte? Pourquoi? L'heure
est chargée d'une telle douceur, un espoir neuf
s'est logé en moi, nous sommes sur le chemin du
retour, demain nous traverserons à nouveau le
ventre de la terre, le canal de Corinthe, le surlendemain nous serons au Pirée et après? Eh bien,
c'est simple, évident, après je serai cet Ulysse qui
persuade sa Pénélope de le suivre et ne la quitte
plus. Tout se passera à merveille, je le sens, tout
va si bien déjà. La promenade en mer Ionienne a
été une complète réussite, huit jours qui ont glissé
sans heurt les uns sur les autres comme des cartes
à jouer, il me semble qu'ils n'en forment plus
qu'un dans ma mémoire, une seule journée lente,
entièrement occupée par Jill, rythmée par les
habitudes qu'elle a prises, les gestes qu'elle a faits,
le spectacle qu'elle m'a offert, toujours égale à
elle-même, à l'aise, réjouie, qu'elle nage, rêve, boive,
dorme, parle ou se taise, dans ce décor qui lui convient, un bateau, un ciel pur, une mer apaisée.

Nous avons vogué d'île verte en île verte, Lefkas,
Scorpios, Scopinis, d'autres encore dont j'ai laissé
les noms s'enfuir. Quand ils étaient de bonne

humeur, les marins nous parlaient : cette île appartenait à un armateur milliardaire, cette autre à un
homme encore plus puissant, Clara était enchantée,
elle réclamait des détails, je ne les entendais pas,
je ne m'intéressais qu'aux îles sans propriétaire,
à leurs arbres, à leurs arbustes et je nageais vers
elles, vers eux et Jill me suivait, elle était déjà
Pénélope nouvelle manière, nous marchions, l'un
à côté de l'autre, sur des sentiers rougis par les
aiguilles de pins ou de cyprès, je cueillais une bran-
che de laurier, un rameau d'arbousier, de l'anthé-
mis, une herbe plus rare. Quand Jill me posait des
questions, je répondais mais, la plupart du temps,
elle se contentait de se pencher sur l'arbuste ou la
plante, de regarder, de respirer, elle secouait ses
cheveux roses et ça me suffisait. Un après-midi,
dans l'une des îles sans propriétaire, au-delà d'un
petit maquis, nous avons aperçu une haute maison
en pierre jaune, entourée de pins francs. Soudain
nous n'étions plus en Grèce, nous étions à Naples,
à Gênes, en Sicile peut-être, c'était la demeure du
Guépard. Nous l'avons approchée à pas de loups.
Aucun bruit, aucun signe de vie, la maison jaune
(un beau jaune d'ambre) était déserte. Ah si, par
miracle, l'un des volets à l'italienne avait été mal
attaché, si l'une des fenêtres était restée ouverte,
combien j'aurais aimé, entraînant Jill, me glisser
à l'intérieur de cette maison qui nous offrait un

dépaysement de plus, un autre voyage, j'imaginais
la fraîcheur des carreaux sur le sol, je pensais à
celle des pavés dans la grand'rue de Nantucket,
aux pieds nus d'Alison, ceux de Jill leur ressemblaient, des pieds de sauvage, nous serions les Indiens qui se glissent dans la maison de Mary Gardner Coffin, mais nous n'aurions pas à nous cacher dans la cheminée, nous pourrions errer sans
crainte à travers les grandes pièces sombres et
silencieuses, nous trouverions des lits, des canapés, nous n'aurions que l'embarras du choix, ils
étaient tous faits pour la sieste et l'amour.

Un jour, au retour de l'été, nous avions eu la
chance de tomber sur une maison comme celle-ci,
perdue, inhabitée, Alison et moi. Pas à Nantucket.
Sur une rive de Blue Berry Pond, le lac de son
enfance. J'étais venu passer un mois dans le chalet
construit par son aïeul hollandais. Son père avait
eu la bonne grâce de m'inviter, elle se faisait une
telle joie de ce séjour, elle allait me confronter
à tous ses souvenirs, me les faire partager. Moi,
bien sûr, j'aurais préféré Nantucket, retourner chez
les Glock, dans la maison au rosier blanc, à la
chambre blanche, récupérer nos dunes, nos plages,
tout le reste mais j'avais fait bonne figure quand

Alison m'avait proposé Blue Berry Pond. Me retrouver avec elle au bord d'un lac, sous des arbres, écouter les oiseaux dont elle m'avait parlé sur le bateau de Nantucket, plonger dès l'aube à côté d'elle dans l'eau fraîche, m'y replonger vingt fois encore au cours de la journée, ramer dans la vieille barque où elle avait assis ses dix ans, ses quinze ans, ses dix-huit ans, glisser autour d'îles peuplées de roseaux, oui, cela me chantait, malgré tout. J'étais plein d'illusions en ce qui concernait Mr Dover, il ressemblerait à sa fille. Fou de Fou, comme dit Clara. Quel rapport avait-il avec Alison, l'homme très grand, à la fois blond et blanc, qui m'avait tendu la main sur le seuil de la petite demeure rustique où j'allais vivre pendant un mois? Il m'avait salué avec une cordialité distante, presque affectée, il était mon hôte, rien de plus. Sa fille m'avait invité, mais lui il pensait : recueilli. A ses yeux couleur d'ardoise, j'étais comme les chiens errants qu'Alison avait coutume de ramener au chalet (on disait cabin) quand elle était enfant, comme les chats égarés qu'elle nourrissait sous le porche ou le raton laveur dont on parlait encore, il s'appelait Rocky, on montrait le bol dans lequel il lavait les myrtilles de son déjeuner et je m'étais dit tant pis pour moi si je ne suis pour cet homme, dont j'aurais voulu faire mon ami, si je ne suis que Rocky II, un rat même pas laveur venu de France, tant pis s'il souhaite que je disparaisse comme Rocky Ier, à la fin de la saison des myrtilles, avant, sitôt terminé le séjour qu'il m'offre, bon prince, Américain hospitalier, père jaloux mais décidé à ne pas se trahir. Chose étrange, moi que l'injustice rend si amer, je lui cherchais des excuses, au pop d'Alison. Son attitude est naturelle, pensais-je, elle est désagréable mais compréhensible. Pourquoi aurait-il de la sympathie pour le type à qui l'être qu'il aime le plus au monde, auquel il s'est sacrifié, consacré, s'adresse souvent et même constamment, avec une voix et des yeux qui en disent long? Y a-t-il un meilleur moyen pour éliminer le danger que représente ce garçon, son rival en quelque sorte, une arme plus efficace pour lutter contre lui que cette bonhomie sans conviction? Je le ferais changer d'avis, je m'en persuadais, j'étais confiant, enfin *assez* confiant, je n'avais qu'à être adroit, c'est-à-dire flou, discret, subir, sans en prendre ombrage, son mépris à peine déguisé et je n'en soufflais mot à ma chère Alison, au contraire, à tout propos, je lui répétais il me plaît, votre père, il vous adore et j'acceptais de passer mes nuits seul, à l'écart, dans la chambre réservée aux étrangers, Alison seule, elle aussi dans sa chambre de petite fille, ornée de gravures d'oiseaux, dans son lit étroit où son père venait l'embrasser, je les entendais rire et je

trouvais ça bien, je pensais à ma mère, au moment
où elle entrait dans ma chambre pour me dire
bonsoir et combien c'était gai.

La pénible scène de la 14ᵉ Rue m'avait appris
une chose essentielle : je ne voulais pas perdre
Alison, à aucun prix, je refusais tous les risques.
Chaque fois que la tentation de l'inquiéter ou de
lui faire de la peine s'éveillait en moi, je la chassais
bien vite, le goût du saccage m'avait fui — du
moins pour le moment. Au cours des mois qui
avaient précédé les vacances, je n'étais pas
descendu une seule fois à New York. Alison était
venue me rendre visite dans mon université, nous
avions marché dans les allées du campus, dans la
campagne, au bord des lacs Onondaga et Skeneateles, la neige avait fondu, les ormes dressaient
leur haute voûte lancéolée au-dessus de nos têtes,
il y avait des fleurs sauvages dans les bois, des
potentilles, des primevères, et personne auprès de
nous, pas d'amis encombrants. Chacun de ces
séjours trop brefs avait été chargé de mélancolie
mais dépourvu d'angoisse, aucun malentendu entre
nous, aucun reproche de ma part quand je la rame-
nais à son train, le dimanche soir.

A Blue Berry Pond il n'y avait pas de train à
prendre, pas de mélancolie à surmonter. Le père
d'Alison était avocat, il passait toutes ses journées
à New York. Entre son départ, après le breakfast,

et son retour vers six heures du soir, il nous restait un grand morceau de temps dont nous étions les maîtres absolus. Au début nous le vivions sur l'eau, dans l'eau ou dans la forêt. Ensuite dans la maison perdue, là-bas, sur un rivage. Elle était en bois, naturellement, et juchée comme un nid sur de grosses pierres. Les pluies et les vents d'hiver avaient rongé par plaques la peinture, entassé des feuilles mortes sous le porche, chaviré une partie du toit. Depuis quand ses propriétaires n'y venaient-ils plus? L'écriteau : For Sale, lui-même, était de travers, certaines lettres lessivées. Du lac où nous nous promenions sur la vieille barque des Dover, la Louise, on ne voyait pas l'écriteau, on devinait seulement, derrière les petits chênes serrés, un pan de maison, un fragment de toit. Je me souviens, dans tous ses détails, du jour où nous avons découvert la maison for sale, une vague de chaleur s'était abattue sur le New Jersey, Blue Berry Pond était immobile sous un ciel comme un couvercle d'émail, les oiseaux ne chantaient presque plus, nous avions caché notre barque derrière des roseaux et gravi un chemin envahi de ronces. Il avait suffi de faire sauter avec un bâton le crochet qui retenait une fenêtre à glissière et, sans débourser un sou, nous étions devenus les propriétaires de la maison à vendre, nous le sommes restés jusqu'à mon départ. Chacune de nos effractions fut

un pur délice, j'aimais jusqu'à l'odeur de moisis-
sure qui flottait partout, jusqu'aux toiles d'arai-
gnées qui se promenaient du réfrigérateur ouvert
à l'évier poussiéreux, du bar aux bouteilles vides
à la bibliothèque effondrée. C'est là, sur un divan
à trois pieds que nous nous vengions de nos nuits
sans amour. Les cheveux d'Alison n'avaient pas
goût de sel, comme à Nantucket, mais ils sentaient
la forêt et c'était enivrant, une ivresse différente,
nous étions moins insouciants que sur l'île de *Moby
Dick,* nous avions souffert, chacun à sa façon,
notre amour était plus grave mais, pour moi, du
moins, l'éblouissement était le même, je ne croyais
pas qu'il pût finir un jour, ni même s'affaiblir, je
ne l'imaginais pas.

Dans l'île grecque dont je ne connaîtrai jamais
le nom, la maison jaune n'avait pas de fenêtre à
glissière, pas de crochet facile à faire sauter. Avant
de partir, ses habitants avaient vérifié toutes les
issues, je n'aurais pas éprouvé la fraîcheur de ses
carreaux sur le sol, le moelleux de ses lits faits
pour la sieste et l'amour mais je n'ai pas perdu mon
temps à le regretter. Jill était avec moi, Ulysse et
Pénélope continueraient le voyage et rien ne les
séparerait, le destin leur offrirait d'autres maisons.

Devant eux, les portes s'ouvriraient et les chambres, ils trouveraient un lit partout où ils décide-
raient de faire une halte. La nuit serait à eux, le
jour aussi, personne ne s'aviserait de leur mesurer
le temps. Où irons-nous d'abord? J'aimerais bien
Rhodes à cause de mon ancêtre, le faux chevalier.
Ou la Crète à cause de la campanule mauve
qu'on y voit en cette saison, de l'orchidée appelée
nid-d'oiseau qui ressemble à la fumée-de-fée? Et
Sérifos? Pour l'heure nous sommes à Lépante.

— Il faut dire Naupacte, a signalé Jill qui vient
d'acheter tout un lot de cartes postales.

— C'est moins noble, a dit Clara.

— Comme nom peut-être, a dit Jean-Loup,
mais comme coin c'est super.

La discussion a tourné court. Avouons-le : la
grande victoire de Don Juan d'Autriche sur Ali
Pacha, roi ou empereur des Turcs, a suscité moins
d'intérêt, au sein de notre quatuor, que les pro-
blèèèèèmes sentimentaux d'Ulysse et de Pénélope.
Et pourtant la chrétienté contre l'empire ottoman
c'est un beau sujet. Ah, si les amis chrétiens pro-
gressistes, Arnaud et Nicole, étaient avec nous,
ils auraient su l'exploiter, eux, l'entraîner vers
d'autres sphères. Des Turcs on serait passé aux
religions, à la foi, à tant que faire jusqu'à Dieu,
on n'a pas parlé de Dieu depuis le début de la
croisière. Mais voilà, Arnaud et Nicole sont au

Brésil, Dieu est encore plus loin, et Clara, en ce qui Le concerne, a des opinions contradictoires. Tantôt, encouragée par son cher Théo, elle nie farouchement Son existence, tantôt (et c'est dû à la récente lecture de spiritualistes orientaux) elle déclare que Dieu c'est nous. Parfaitement, toi et moi, Fou, et tous les autres, tous les hommes et toutes les femmes, sans discrimination, nous sommes des parcelles du divin. Sa bouche quand elle lâche ces parcelles du divin. On croirait en voir sortir des perles et des roses. La nuit dégringole au ralenti sur les platanes qui nous servent de treille, notre table est sur le sable, à même le rivage de Naupacte, alias Lépante, jamais je ne me suis senti moins parcelle et moins divin, je ne me sens qu'amoureux mais alors là entièrement. Clara devine que je ne lui serai d'aucun secours si elle tente une excursion en terre métaphysique, elle renonce à Dieu et aux spiritualistes orientaux (qui, diable, a pu l'initier à leur credo? Son ministre? on dit qu'il est fervent adepte de yoga), la conversation reste·banale et touristique. A Naupacte, en souvenir de Lépante sans doute, il y a une forteresse à laquelle on accède par un raidillon, une mosquée en assez bon état et une rade ceinturée de remparts. Le Viollet-le-Duc local a un peu trop soigneusement remis de l'ordre dans les créneaux de ces remparts, pas une pierre ne manque, ça fait folklo, comme dit Clara, un rien décor de théâtre mais après tout pourquoi pas? Je n'arrive pas à nous considérer parcelles du divin mais, sur notre bateau loué, dans nos criques et nos tavernes, en quoi sommes-nous différents des acteurs d'une comédie? Une dame dans le vent; un éphèbe qui rêve de changer Calypso en ours; une nymphe venue des U.S.A.; un vieux jeune homme qui se prend pour un phénix. Comment se terminera-t-elle, la comédie? Qui aura la dernière réplique demain, après-demain, quand l'Astraldo accostera au Pirée? Je m'y vois déjà, calme, gentil, pas de grands mots, il ne faut surtout pas se tromper de dialogue, succomber à la tentation de la tragi-comédie, ce serait bête, de mauvais goût. Et d'abord, pour la scène finale, nous serons seuls, toi et moi, Clara.

Cela se passera dans une rue d'Athènes, celle de la compagnie Valdis Yachts à qui nous avons loué l'Astraldo, nous aurons réglé les dernières dépenses au directeur, Monsieur Valikis, tu auras, en parfaite maîtresse de maison, signalé que Petro est par trop atrabilaire, Iannis endormi, le réfrigérateur sujet à éclipses et la douche également. Monsieur Valikis t'aura remerciée pour ces détails, il va sévir et procéder à des réparations, il te conseillera de retenir dès le mois de décembre le bateau de notre prochaine croisière : ainsi

tout sera parfait, de l'humeur du capitaine
à celle de la douche. Quand nous sortirons des
bureaux de Valdis Yachts, je te prendrai le bras
et je te dirai, très maître de moi et même tendre,
viens, Clara, j'ai besoin de te parler. J'aurai pris
la précaution de nous débarrasser de nos compagnons de voyage : Jean-Loup sera chez des amis, il
en a beaucoup comme *ça* dans tous les quartiers
d'Athènes, Jill m'attendra dans un café devant
l'embarcadère des gros paquebots qui partent pour
les Cyclades, les Sporades, plus loin. J'espère que
tu me laisseras terminer ma réplique, elle sera si
brève : eh bien voilà, Clara, tu dois t'en douter,
je ne rentre pas à Paris avec Jean-Loup et toi, je
reste en Grèce avec Jill et ne me demande pas
combien de temps ni où j'irai ensuite, je ne le
sais pas, comment le saurais-je? Je suis amoureux,
c'est tout ce que je sais, pardonne-moi et, si tu
m'aimes bien, ne me pose pas de questions.

Quelle sera ta réaction? Je t'en imagine plusieurs mais de tout mon cœur, pour toi comme
pour moi, pour tout le monde, je souhaite que
tu choisisses la bonne. La rapide, la compréhensive : Oui, bien sûr, je m'en doutais, Fou, je ne
peux pas te dire que ça me fasse plaisir, tu ne me
croirais pas mais tu sais combien je veux, j'exige
pour chacun de nous la liberté, surtout la liberté
des sentiments, alors va, sois heureux et restons

bons amis. Je te répondrai merci, Clara, je pensais bien que tu te conduirais comme une grande dame. Tu me prendras la main, nous nous embrasserons, nous serons très dignes. La rue sera bruyante, voitures, motos et cyclomoteurs se poursuivront dans le tintamarre de leurs pots d'échappement trafiqués, il y aura de violents coups de klaxon, cela nous empêchera de verser dans l'émotion, je ne te regarderai pas t'éloigner, bien droite et brave, dans ton petit tailleur de voyage, en tussor blanc, j'admirerai la forme de tes hanches mais je ne m'avouerai pas, une fois de plus, que je te trouve pathétique, je n'aurai pas mauvaise conscience quand je filerai vers la strawberry blonde, là-bas sur le quai des gros bateaux.

Tu peux aussi être bien moins sage et moins indulgente. Décider de vider ton sac avant de me permettre de mettre les voiles. Qu'est-ce que tu risques? Je m'en irai, de toute façon. Tu peux, puisque c'est Alison qui m'a donné le goût de Jill, commencer par faire le procès de cet attachement que tu juges ridicule ou pathologique, suivant le degré de ton irritation. Tu ne mâcheras pas tes mots, j'aurai droit à tout le réquisitoire, il n'est pas neuf. Il me faudra encaisser, traduit par toi, dans ton langage, le résumé de l'histoire qui a dirigé le cours de ma vie, fait de moi ce que je suis. Tu glisseras sur le versant heureux, mes

souvenirs de lumière tu les balayes avec dédain et
tu les ranges sous l'invariable étiquette : enfan-
tillages. C'est le versant noir qui t'attire et t'intéresse, la succession de mes ratages et de mes
fuites. Mon complexe d'échec, comme tu dis. Tu
en donnes toutes les composantes avec la méticulo-
sité d'une diététicienne, d'une chimiste, tu traques,
ici et là, mes angoisses, mes refus, mes actes man-
qués, mes phobies, ce dernier mot jamais je ne
l'emploie, toi, en revanche, très souvent. Le lan-
ceras-tu à la suite des autres? Me parviendra-t-il
malgré la cacophonie de la rue et mon désir
éperdu de te planter là, adios, Clara, je te laisse
à tes divagations? Tu t'accrocheras à moi, tu me
prieras de t'écouter jusqu'au bout, je te dois bien
ça et je resterai. D'abord par courtoisie : ce sera
notre dernière grande explication, autant la sup-
porter entièrement. Ensuite, parce que ton analyse, Clara, ta façon de sonder mon cœur et mes
réflexes, depuis le temps que tu t'amuses à ce petit
jeu, je n'y attache aucune importance, c'est devenu
pour moi une rengaine, j'en entends la musique
mais les paroles non, plus du tout. Je ne sursaute-
rai que lorsque tu prononceras son nom. Comme
tout ce qui la concerne, il t'exaspère alors tu mets
l'accent sur la dernière syllabe, ça devient Alisonne et ça ne me plaît pas. Heureusement, pour ce
dernier discours, tu diras : *elle*. Elle mon fantasme,

ma fixation, mon alibi, la plaie de mon existence, la cause de tous mes maux. Elle que je n'ai jamais su ni garder ni perdre, avec laquelle je n'ai jamais rompu mais pour qui je n'ai jamais su me décider, changer de vie, de pays, lutter, construire. Elle avec qui je me suis conduit, comme avec ma fameuse botanique, en amateur, parce que je préfère le songe à la réalité et que je trouve ça plus commode, plus confortable, moins périlleux, une histoire sans conclusion, un roman inachevé. Tu ne t'arrêteras pas sur cette belle envolée, Clara, tu aimes trop les preuves à l'appui de tes opinions, les chiffres, tu ne résisteras pas à ta manie favorite : compter le temps. Combien de fois l'ai-je vue depuis que j'ai quitté l'Amérique, il y a au moins vingt-trois ans? Combien de fois suis-je retourné là-bas? Et combien de temps duraient-elles, ces retrouvailles? Allons, allons, tu n'es pas si bête, toi, Clara, tu as vite compris qu'elle n'était qu'un prétexte. Il y a beau temps que je ne l'aime plus. Si je fais semblant de l'aimer encore, c'est parce que ça m'arrange, ça me permet de ne pas devenir un vrai hhhhomme qui crée son destin au lieu de le subir. Et quand elle s'est mariée j'ai peut-être pleuré, gémi, je n'ai pas souffert, non, tu pourrais le jurer, je n'ai pas vraiment souffert, il ne me gênait pas au fond, ce mari, bien au contraire, il m'évitait de tenir un rôle qui me faisait peur. Grâce à toi, Clara, depuis que je t'ai rencontrée, il y a sept ans exactement, je me débarrasse petit à petit de ce complexe supplémentaire : la peur, celle des autres mais aussi celle de moi-même. Et parce que j'ai trouvé ou cru trouver une nouvelle Alisonne, j'aurais le culot de te plaquer? Ça ne m'a pas suffi, vraiment, la liberté que tu m'as accordée pendant la croisière? Ah non, ça ne se passera pas comme ça, tu vas te défendre.

Et moi, tout en t'écoutant sans t'entendre, je ne me serai fait qu'un seul reproche, je me serai accusé d'un seul crime : l'imprudence. Jamais je n'aurais dû te parler d'Alison, te confier nos secrets. Ce déballage de dernière minute dans une rue laide et bruyante sera ma punition, je l'accepterai sans t'interrompre, sans protester. Mais quand tu auras fini, je te répondrai en deux mots :

— Trop tard, Clara.

Ta voix changera, elle montera de deux tons, de trois, tu arrives à crier quand tu te laisses aller à la panique, tu essayeras peut-être de te cramponner à moi, je me dégagerai sans violence, je partirai à grandes enjambées et, si tu essayes de me poursuivre, je courrai, je n'entendrai pas tes insultes, tu en as un sacré répertoire, de lâche à dégonflé en passant par d'autres mots plus crus,

je souhaite que tu les prononces tous, Clara, ainsi
je t'oublierai tout à fait.

Troisième solution : tu peux me parler comme
si Alison n'avait jamais existé. Ne t'intéresser
qu'à Jill. Ardente féministe, tu trouves scandaleux
qu'un vieux comme moi (là, tu n'hésiteras pas à
jeter aux orties mon métabolisme exceptionnel et
mes cheveux) que ce barbon, donc, veuille s'attacher une innocente jeune fille. Sur le bateau nous
faisions partie d'une famille, nous pouvions cou-
per aux regards méprisants des gens, comme à
mes tentations de saccage mais, une fois seuls,
tous les deux? Que lui apportera-t-il à cette chair
fraîche, le glouton que je suis? Elle a peut-être un
cœur, cette gamine, me diras-tu, Madame Ouvre-
Cœur, et si j'allais lui faire mal? Je n'en suis pas
capable, par hasard? Et toutes les autres alors?
Mes autres victimes, celles sur lesquelles je me
suis rué, capricieux invétéré, un jour emballé, le
suivant repu, lassé, prêt à la dérobade. Vais-je
recommencer avec Jill une de ces aventures où
je suis passé maître et pour laquelle il lui faudra des mois, peut-être plus, si elle veut s'en
guérir?

Au cas où tu adopterais cette attitude, Clara,
où tu préférerais cette explication, comme pour
la précédente, je te laisserais aligner tes arguments
jusqu'au dernier. Pas plus que le psychopathe, que

le demeuré en proie aux complexes d'échec et de trouille, je n'essayerais de justifier le vieux boulimique, l'ogre aussitôt écœuré que comblé. Mes victimes, je t'écouterais faire la liste de leurs désespoirs sans te signaler qu'ils ne sont que les fruits de ton imagination fertile, de la jalousie dont tu te défends et qui n'en est que plus vive, qui sont-elles ces créatures meurtries? Tu m'as successivement reproché une nageuse, deux ou trois cavalières, une championne de course à pied, une danseuse, tu m'accusais de vouloir saboter leurs carrières et, dans le même temps, tu trouvais lamentables ces engouements pour des femmes qui ne savent pas trop s'exprimer ni réfléchir, seulement nager, danser, courir, galoper. J'avais beau te jurer que l'admiration où m'entraînaient leurs corps était pure de tout le reste, que je me contentais de les regarder se battre avec les éléments et la pesanteur, devenir l'une poisson, l'autre cheval, la troisième oiseau à longues pattes, tu ne me croyais pas, tu me traitais de truqueur et, si je te parlais de leurs âmes (quand un corps est parfait, l'âme suit son exemple) tu ricanais : Tu ne confonds pas avec leurs fesses? Je ne te répéterai pas, pour la centième fois, que, si je les invitais à sortir, de loin en loin, c'était vraiment pour sortir, pour le seul plaisir de me trouver auprès d'un être encore tout recueilli par ce qu'il vient d'accomplir et qui parle à peine, ah ma passion du silence, Dieu qu'elle te paraît répréhensible, grotesque, pourquoi tenterais-je de t'expliquer la douceur qu'elle me procure, la sensation de paix où me plonge une cavalière, par exemple, quand, après un parcours d'obstacles qui a mobilisé toutes ses forces et son attention, elle s'assied à côté de moi dans la voiture, petite somnambule encore sous le charme des noces qu'elle a conclues avec le cheval, ce sorcier? Tu ne peux pas blairer, c'est toi qui l'affirmes, mes radotages de cavalier réac. Je ne me risquerai pas non plus à te parler de la plus muette de mes victimes supposées, cette Anne-Marie-Pussy avec qui je n'ai passé qu'une nuit oh, combien chaste, à qui je n'ai rien pris d'autre que sa petite main et cela sans lui poser de questions, sans qu'elle m'en pose, et qui s'est sui-cidée non pour moi, juste ciel, mais pour un hhhhhomme comme tu les aimes, un mec, un vrai de vrai, qui en avait fait la prisonnière de ses dî-ners en ville. Mais je te quitterai encore, trop tard, Clara.

Dernière solution : c'est moi que tu veux pro-téger. Tu peux alors, ma vigilante, mon infirmière, me demander d'être lucide. L'ai-je vue comme tu la vois, Jill? Ses yeux, ses parents divorcés, elle doit en avoir des complexes. La façon qu'elle a de se tapir comme une bête qui jauge sa proie

avant de la griffer, je trouve ça normal? Et si elle
allait prendre la place d'Alison dans ma vie? Me
murer à nouveau dans une idée fixe aussi pénible
pour moi que pour les autres, me rejeter dans une
obsession qui m'empêchera, comme la première,
de vivre comme il faut, de *m'assumer*, un de tes
vocables choisis. Et tu invoqueras une fois encore
mon âge, le vrai, pas celui de mon métabolisme :
à mon âge, un obsédé n'est pas loin d'être un
gâteux, tu ne veux pas de ça, tu n'as pas le droit
de me laisser sombrer dans ce genre de naufrage.
Et moi, je te remercierai pour ta sollicitude mais
je n'en partirai pas moins avec mon petit hibou
devenu fauve ou vampire. Nous mêlerons nos
complexes, Clara, d'ailleurs c'est déjà fait et ce
n'est pas désagréable, bye bye.

— Eh bien, où es-tu parti?

— Nulle part, je suis avec toi.

Clara me couvre d'un regard limpide, elle n'a
aucun soupçon, aucune idée des conversations
variées que je viens de tenir avec son double.
Depuis que je l'ai sauvée (c'est elle qui emploie
ce mot) au cap Sounyon, elle a, me semble-t-il,
un peu plus d'estime pour moi. Du coup, sa vigilance se relâche, elle ne m'encombre plus. Si elle
savait comme elle me plaît quand elle est ainsi,
apaisée, un peu vague, acceptant ma distraction,
mon mutisme sans les interpréter, je t'aime bien,

Clara-Satin, peut-être te regretterai-je, oh qu'il me
tarde de retourner à Sérifos avec Jill, je ne suis pas
retourné à Nantucket avec Alison. Après les
vacances à Blue Berry Pond, nous avons continué
quelque temps de mener une demi-vie, elle venant
me voir à Syracuse, moi partant la retrouver à
New York. Un jour j'ai dû regagner la France,
ma mère me réclamait et l'université mettait fin
à ma bourse. Quand elle m'a dit au revoir sur le
quai, devant mon bateau, j'ai cru mourir. Les
années suivantes je suis devenu son visiteur de
l'été, j'avais renoncé à la botanique, il me fallait
gagner ma vie et sans tarder, j'en avais assez d'être
un miteux, un ami de mon père m'a pris dans
ses affaires, j'y suis encore. Dès que j'avais un
congé, assez d'argent, je m'envolais vers elle, où
qu'elle fût, où qu'elle travaillât. Elle a été journa-
liste, professeur, autre chose encore, j'ai oublié.
Elle a vécu à New York, à Chicago, plus loin,
dans le Montana, en Californie, je suis allé partout où elle était. Chaque fois que je m'arrachais
à elle, le cœur en loques, elle me disait, très brave,
sans jamais pleurer : à l'année prochaine, Charles
Boyer. Petit à petit, je me suis habitué à cet état
de choses, je ne songeais pas à y mettre fin. Par
peur, je le reconnais, Clara a raison. Peur de
l'Amérique, de son père, de ses anciens amis, des
nouveaux, des autres. Peur du mariage et de moi-

même, peur de ne pas la rendre heureuse si je
l'obligeais à me suivre, à se déraciner. Les années
passaient, je ne les comptais pas, je les laissais
filer en me disant je l'aime toujours, elle m'aime,
c'est le principal. Et puis il y a eu l'été où elle m'a
annoncé qu'elle allait se marier, Jerry était un
homme sûr de lui, il partageait ses idées sur la
vie, ses opinions politiques, il était médecin, le
reste du monde avait beaucoup d'importance à ses
yeux. Et moi je n'avais pas d'idée, je détestais la
politique, le monde pour moi c'était elle, j'étais
demeuré un sauvage. J'avais envie de tuer Jerry,
j'ai laissé Alison l'épouser, je ne voulais pas lutter
contre un homme si sûr de lui, j'ai préféré rêver
sa défaite et sa mort, ils se sont mariés, elle a eu
deux enfants. Si nous allons à Sérifos, Jill et moi,
nous reverrons Yorgos, l'homme lent qui ressemble à Abi Glock. Combien de fois nous ont-ils
écrit, les Glock? Combien de fois nous ont-ils
supplié de retourner à Nantucket? Et maintenant
ils sont très vieux, Abi est malade, Jim est
malheureux, j'ai reçu une lettre de lui, l'hiver
dernier : venez avant qu'il ne soit trop tard. Ce
n'est pas la peur qui m'a fait perdre Alison, non,
pas seulement la peur, j'accuse plus encore le
goût que j'ai pour la grâce, pour les cadeaux
du sort, j'aime ce qui est gratuit, non ce qui se
gagne. A trop vouloir changer le cours de la vie,

transformer les événements et les gens, on leur enlève, il me semble, leur vérité et leur lumière. Et Alison était comme moi, je le sais, je n'aurais pas voulu qu'elle fût différente, je tenais à son fatalisme autant qu'à sa beauté et à sa générosité. Quand elle avait lutté à New York pour me trouver du travail, je ne me leurrais pas, elle n'avait pas plus d'espoir que moi de réussir, elle n'avait lutté que pour me prouver son amour. Elle ne m'a pas dit qu'elle allait se marier pour me provoquer, me pousser à prendre notre destin en main, elle me l'a dit parce que, un jour, elle a cessé de croire que je pouvais accaparer son cœur, ses sens, ses songes, bref elle tout entière, Alison L. Dover. Elle n'a pas choisi Jerry parce qu'il était mieux que moi, elle l'a choisi, c'est tout. Et c'est pourquoi j'ai tant souffert, mais aussi tout accepté. En m'inclinant devant sa décision qui me poignardait, je ne me suis pas résigné, j'ai rendu hommage à son caractère. Jill aussi est fataliste, ça m'a plu, l'autre soir, à Ithaque qu'elle dise à propos d'Ulysse crevant l'œil du Cyclope : c'est la fatalité. Quand nous serons à Sérifos, nous boirons l'ouzo en compagnie de Yorgos, il nous parlera de son île, non des pluies et des vents qui s'abattent sur elle, l'hiver, seulement du printemps, des fleurs qui doivent surgir partout sur sa rude terre. La dernière lettre d'Alison remonte au

mois de mai, elle m'y apprend qu'elle est séparée
de son mari, elle ne dit pas pourquoi, elle demande
à me revoir. Venez à Blue Berry Pond cet été, je
voudrais tant que vous fassiez la connaissance
des enfants, ils sont beaux et si gentils, et moi
j'ai répondu je préférerais Nantucket. Je n'ai pas
écrit je ne veux pas voir les enfants et pourtant
c'est vrai, je ne veux pas les voir, je sais bien qu'ils
sont beaux, j'ai reçu des tas de photographies,
Jerry junior est le portrait de sa mère et Mary
(Mary à cause de Mary Gardner Coffin) nage
aussi bien qu'elle, ils auraient été gentils avec
moi, c'est certain, mais non, je ne voulais pas voir
ses enfants et j'ai écrit je préférerais Nantucket,
elle m'a répondu par retour du courrier : d'accord,
Charles Boyer, on retourne à Nantucket, quand
vous voudrez. Alors j'ai tout imaginé, tous les
détails. Elle m'attendrait à la descente de l'avion
à Boston, elle porterait une robe bleue sans
manches, nous prendrions le bateau à Hyannis,
les goélands nous poursuivraient, ils viendraient
prendre le pain dans sa main. Une fois dans l'île,
elle aurait faim, nous irions manger des quahaugs,
le Skipper serait toujours amarré dans le port,
Alison se déchausserait pour marcher sur les pavés
lisses et blonds de Main street, nous louerions des
bicyclettes, la route de Sconset serait toujours aussi
belle entre les sumacs, les viornes, les sassafras,

les mélèzes et le maquis où se cacheraient la fumée-
de-fée et la violette-au-pied-d'oiseau. On enten-
drait le bobwhite siffler ses deux notes et le
catbird imiter le mouton. Et, là-bas, au bout,
Heart's Ease serait aussi jolie et aussi accueillante
que le jour où nous l'avions découverte, le même
rosier blanc courrait sur ses murs gris, sur son
toit. A notre vue, Abi se sentirait mieux et Jim
nous servirait des pancakes au sirop d'érable, il
nous raconterait la glorieuse famille Coffin et il
ne serait plus malheureux. Nous plongerions d'emblée dans le temps de Nantucket, nous passerions
nos journées sur la plage, dans les sous-bois, au
bord des étangs aux noms indiens, Alison porterait
un autre maillot de bain à jupette, nous cueillerions le dusty miller à Miakomet et le soir, dans la
chambre blanche, nous. Son corps serait le même,
le même? Ah c'est là que je butais, que je bute
encore, que cesse l'illusion : le corps d'Alison
serait peut-être le même, aussi beau et vigoureux,
son dos presque aussi droit, son cou à peine moins
pur, ses cheveux seraient toujours aussi blonds
mais moi, je ne retrouverais pas *mon* Alison si je
retournais à Nantucket. Tout le temps que nous
avons vécu sans nous voir flotterait autour d'elle,
en elle, dans ses moindres gestes, ses mots les plus
simples. Quand nous marcherions ensemble, que
nous nagerions ensemble ou que nous reposerions

l'un à côté de l'autre sans rien dire, ce ne serait
plus le silence d'avant, qui prolongeait nos paroles,
les remplaçait, chacun aurait son silence, chacun
son petit ballot d'images, de souvenirs, de réfé-
rences, de pensées impossibles à partager, je serais
avec une autre Alison, si je retournais à Nantucket
et je me sentirais vieux. A Sérifos, dans la maison
morte, les vingt ans de Jill m'ont rendu les miens.
Qu'elle est gaie la nuit de Lépante alias Naupacte,
un petit orchestre de bouzoukis s'est installé sous
les platanes, sur le rivage, non loin de notre table,
des garçons et des filles se mettent à danser, les
garçons ne sont pas très beaux, ce sont les des-
cendants des Turcs d'Ali Pacha, sans doute, Jean-
Loup se mêle à eux, il est torse nu à cause de la
chaleur, ses amulettes sautent sur sa poitrine sans
poils, Jill porte un T-shirt sans manches, elle a
des bras de petite fille, ses cheveux roses dansent
au même rythme qu'elle. Nous les regardons, Clara
et moi, nous sommes assez attendris. Ce garçon à
demi nu, cette petite fille sont nos enfants en quelque sorte, je pourrais être le père de Jill et alors?
Ne le trouve-t-elle pas merveilleux son père? A
Nantucket, Alison me parlerait beaucoup de ses
enfants, je trouverais une autre Alison mais moi,
je préfère garder celle à qui j'ai dit, quand nous
avions vingt ans : Vous êtes ma femme, Alison,
vous l'êtes depuis le jour où je vous ai rencontrée

et vous le resterez jusqu'à ma mort. On n'a pas parlé de la mort sur l'Astraldo. Ni de Dieu ni de la mort et c'est tant mieux, on dit tant de bêtises à leur sujet, c'est Jill qui est ma nouvelle Alison, ma seconde vie, elle ne remplacera pas la première mais elle la prolonge et la complète, elle s'intègre déjà à l'éternité que j'avais mise en marche sur le bateau de Nantucket.

— Tu as vraiment l'air de bonne humeur, je me trompe?

— Non, tu ne te trompes pas, Clara, je suis de très bonne humeur.

Elle me touche. Je voudrais qu'elle choisisse la réponse numéro un, la meilleure réplique : sois heureux et restons bons amis. Je lui dirai chapeau, Clara, tu te conduis très bien et tu as été rudement patiente avec moi pendant sept ans, je ne l'oublierai pas, je voudrais tant que tu trouves quelqu'un de plus sérieux que moi. Ton ministre, par exemple? Je suis sûr qu'il est amoureux de toi, tu serais parfaite auprès d'un ministre. Et pourquoi ne serais-tu pas ministre, un jour? Ça t'irait à ravir. Ministre des Bonnes Relations entre Femmes et Hommes, là tu serais drôlement *efficace,* encore un adjectif qui te plaît.

— On peut savoir à quoi tu penses?

— A toi.

Dans la nuit son regard embué, son sourire,
vais-je les regretter?

— Et que penses-tu de moi?

— Que tu serais un excellent ministre.

Elle rit, les autres dansent, j'aimerais chanter
comme Charlebois, sur un air de bouzouki, Ali
Pacha est vaincu, Clara sera ministre, l'autre Alison est la mère de Mary Gardner Coffin, la première est à Nantucket, Jill est à Sérifos, je suis
un homme bien ordinaire, mais je suis attractive
et bientôt je serai heureux.

Voici la vraie fin du voyage, le décor est tel que
je l'avais prévu : une rue d'Athènes, près du port
des bateaux de plaisance. L'Acropole a paru venir
à la rencontre de l'Astraldo mais des fumées
d'usines alourdissent son ciel. Au pied des collines
sacrées, pareils à un début de lèpre, s'étendent et
gagnent la ville moderne, les hôtels en nougat et
en beurre, les maisons souillées avant que de naî-
tre, il suffit de ne pas les regarder, ce n'est pas le
moment d'ergoter sur l'ignominie des temps modernes, j'ai une autre chanson à chanter. Clara ne
porte pas son tailleur de voyage en tussor blanc
mais un pantalon de toile écrue qui lui va aussi
bien, une tunique légère, on devine ses seins par-

faits sous l'étoffe d'un bleu très pâle, elle est admirablement bien décoiffée, ses ongles sont laqués de rouge géranium, peut-être est-elle un peu moins vague que ces derniers jours mais elle paraît toujours détendue, resterons-nous bons amis? Jean-Loup est parti chez deux garçons comme *ça*, à Plakha et Jill a filé vers l'embarcadère des grands bateaux, son sac kaki à l'épaule, elle m'a glissé un tout à l'heure d'une discrétion exemplaire, quand on s'est séparés, après avoir dit adieu aux marins, sur la passerelle de l'Astraldo. Ses yeux bizarres étaient résolus et joyeux, ses cheveux plus roses que jamais, elle a dit à Clara qu'elle allait se promener sur le port pendant que nous réglerions les dernières dépenses à la compagnie Valdis Yachts; après, elle nous accompagnerait à l'aéroport et là, seulement, elle déciderait si elle restait en Grèce ou si elle partait pour Paris avec nous, elle a menti avec aplomb, avec plaisir aussi, je crois, les hiboux strawberry sont-ils menteurs? J'ai regardé son jean et son T-shirt blancs se fondre et disparaître dans le port, derrière la forêt des bateaux amarrés et nous avons marché, Clara et moi, vers les bureaux de la compagnie Valdis Yachts. Comme prévu, encore, voitures, cyclomoteurs et motos se sont poursuivis dans le chahut de leurs pots d'échappement trafiqués et l'odeur infecte de l'essence. Des secrétaires ont levé sur

nous des yeux vides au-dessus de leurs machines
à écrire et à calculer, leurs bouches étaient des
fruits entrouverts. May I help you? ont-elles dit
en chœur, selon la formule consacrée et mondiale.
Monsieur Valikis (lunettes-hublots, chemise assortie aux dents, teint beige foncé) a surgi derrière
une haie de classeurs. Un appareil à air condi-
tionné lâchait sa fraîcheur de sépulcre sur des
fauteuils design, des tables en matière plastique
et les affiches où s'étalaient, bien roides, les
bateaux de la compagnie (équipage au garde-à-
vous, locataires arborant un sourire béat sur fond
de ciel céruléen et de bouteille d'ouzo). L'entretien
fut celui que j'attendais. Dans son anglais du
Sussex, Clara a critiqué Petro pour son mauvais
caractère, Iannis pour son apathie, le réfrigérateur et la douche pour leur inconstance. Dans son
anglais du Pirée, Monsieur Valikis nous a priés
de lui pardonner ces petites erreurs de fonctionne-
ment. Comme un prestidigitateur qui s'apprête à
exécuter un tour de cartes, il a étalé tout un lot
de prospectus devant nous, sur l'une des tables
en matière plastique puis il nous a signalé que,
pour être sûrs d'échapper à ce genre de mésaven-
ture, l'été prochain, il nous fallait choisir notre
bateau dès le mois de novembre. Allons, je ne me
suis trompé que d'un mois, est-ce bon signe? Se
déroulera-t-elle comme je l'espère, la fin des évé-

nements? Je prends le bras de Clara, Monsieur
Valikis nous salue et nous raccompagne à la porte,
à l'année prochaine, j'espère. Je réponds à l'année
prochaine, sûrement, je mens aussi bien que Jill,
je prends nos bagages d'une main, ils ne sont
pas lourds, un sac, une valise. De l'autre main
j'entraîne Clara dans la rue. J'attends un arrêt
dans le bruit des voitures et des motos, en avant,
courage. Viens, Clara, j'ai besoin de te parler. Le
bras qu'elle m'avait abandonné se raidit un peu,
elle tourne vers moi un visage figé par l'attention,
on dirait qu'elle pose pour une affiche de la compagnie Valdis Yachts, je suis très calme, je la
dirige vers le muret qui sépare le port de la rue;
au-dessus de nous il y a le ciel barbouillé de la
Grèce moderne, détournons-nous, là-bas il y a les
bateaux de plaisance, l'Astraldo noir aux voiles
rousses, des souvenirs tous frais de mer transparente et de lumière inviolée. Ajustons notre voix
pour la réplique tant et tant de fois répétée, eh
bien voilà, Clara, tu dois t'en douter, je ne rentre
pas à Paris avec Jean-Loup et toi, je.

Les mots sortent un à un de ma bouche, sans
précipitation mais sans solennité, ce sont des mots
simples, dits d'une voix tranquille, je ne suis pas
mécontent d'eux, ni de ma voix. Au passage, je
prie je ne sais qui, je ne sais quel dieu grec, de conseiller Clara, de lui insuffler des mots aussi simples

pour la réponse que je souhaite. J'ai fini, je respire,
Clara ouvre son sac, en extrait un paquet de cigarettes, elle appuie sur la molette de son briquet
d'un pouce ferme, aspire une bouffée, chasse la
fumée avec lenteur, elle mesure le temps une
fois de plus, elle en a bien le droit, il me semble,
elle ne le mesurera plus avec moi, j'attends ce qui
va suivre, ses mots à elle qui suivront la fumée,
hors de ses lèvres fardées, elle passe la main dans
le désordre savant de sa coiffure, aspire une nouvelle bouffée.

— J'espère, commence-t-elle.

— Oui.

— J'espère que tu auras assez d'argent.

Pas prévue au programme, cette phrase. Dans
aucune des réponses que j'ai imaginées, il n'a été
question d'argent, Clara sait que j'ai horreur de
parler de ça. Il n'est guère heureux, ce préambule,
je n'aurais pas la chance de récolter la réponse
numéro un, c'est certain, dommage, j'y croyais
encore ce matin, tout à l'heure. Tant pis, je suis
bon pour un réquisitoire; lequel? Alison? Jill?
Moi? Eh bien allons-y, vas-y Clara, vide ton sac,
je suis prêt.

— Qu'est-ce que tu veux dire?

— Tu es sourd? J'ai dit : j'espère que tu auras
assez d'argent.

— Et pourquoi dis-tu ça? Tu sais bien que

j'en ai. Bien assez. La vie ne coûte rien en Grèce.

— La vie, peut-être. Jill pas. Elle coûte plus cher que la vie.

La vie, cher, plus cher : des mots devenus balles et qui frappent. Hors des lèvres fardées de Clara ces mots, ces balles. Je lève les yeux sur le ciel sali de la Grèce moderne, je crois deviner, je crois comprendre, ce n'est pas possible, pas possible.

— Explique-toi.

Sa voix de dessert, son sourire mais, dans ses yeux, quelque chose d'aussi sale que dans le ciel.

— Tu n'as pas cru, quand même, qu'elle s'était embarquée comme ça, sans (un temps) sans que je m'en occupe un peu? D'après toi, elle aurait accepté notre invitation avec joie, avec enthousiasme, hourra? (ici le débit se bouscule, les mots se pressent, le tir s'accélère). Tu as oublié son âge? Et le nôtre? Deux croulants pour une gamine de vingt ans, tu crois au père Noël, mon pauvre Fou.

— Tu l'as payée? Tu as fait ça?

— Naturellement, j'ai fait ça, tu étais de si mauvaise humeur depuis Epidaure. J'ai voulu te faire un cadeau. Pour que tu ne massacres pas la fin du voyage.

— Tu l'as payée.

— Tu n'as jamais donné de l'argent à une femme?

— Tu l'as achetée.

— Oh, toi et tes pudeurs. Monsieur ne parle pas de fesses, Monsieur ne parle pas d'argent.

Monsieur a envie de te massacrer, Clara. Mais c'est bien connu, il manque de violence aux bons moments.

— Tais-toi.

— Non, je ne me tairai pas. Tu allais me faire un sale coup, il me semble, pourquoi je me tairais? Je lui ai donné mille dollars.

— C'est tout?

Là, je l'ai clouée. Elle avale sa salive, adieu le sourire. Les yeux plissés, elle me jauge.

— Mille dollars? Ça ne te paraît pas suffisant? Complète si tu veux, rien ne t'en empêche.

Madame Combien-de-fois, Madame Combien-de-sous, tu l'as achetée. Tu as voulu jouer les Juliette Drouet façon Clara, régler toi-même la facture de l'amour. Jill de la rue Verte, Jill de la rue Frochot, tu me l'as offerte sur un plateau d'argent, ton gadget favori. Au lieu de m'échauffer, la fureur (ou l'horreur) me glace, je suis glacé jusqu'aux os, je parle d'une voix posée, détachée.

— Tu ne l'as pas payée cher mais c'est gentil quand même. Un joli cadeau.

Elle devient nerveuse, s'acharne sur la molette de son briquet, allume une autre cigarette.

— Tu étais de si mauvaise humeur, odieux, comme seul tu peux l'être.

— Et toi tu es si bonne. Au lieu de me punir, tu me fais un cadeau.

Elle a un rire un peu fou, forcé, parfaitement faux.

— Il fallait bien agir.

— Et à Hydra, quand elle est venue me repêcher après la soirée chez ton designer, tu ne l'as pas payée encore? Tu ne lui as pas donné une prime?

Elle ne suit plus très bien, prend un air idiot.

— J'aurais dû?

— Pourquoi pas? Et à Sérifos, quand elle a eu la bonté de m'accompagner faire un tour dans la nature, pas de prime non plus? Pas de dollars?

— Arrête ton char, tu veux?

Langage exquis, délicate personne. Quelle chance j'ai eue de la rencontrer, quel pot, pour parler comme elle, quelle pêche dans ma vie depuis sept ans, cette femme à cadeaux. Il est servi, l'amateur de grâce.

— Je ne veux pas être un ingrat, dis-je, je vais te faire un cadeau à mon tour.

— Laisse tomber, tu veux?

— Que je laisse tomber qui? Toi? Ah non, par exemple, ça serait dégoûtant.

— Ecrase, je te dis.

Elle est misérable soudain, et fripée. Ni émouvante ni pathétique. Fripée.

— On repart tous les trois, dis-je, on ne te critiquera pas au journal, tu es le chef. Jean-Loup regagnera Paris tout seul, on repart tous les trois.

— Tu te fous de moi?

— Pas le moins du monde. Allez, viens, ma mécène, viens, on n'a pas une minute à perdre.

Je reprends nos bagages, je lui reprends le bras, j'aimerais bien le lui arracher, je lui prends le bras sans douceur mais sans brutalité, nous traversons de nouveau la rue où les voitures poursuivent leur ballet fou, nous entrons dans les bureaux de la compagnie Valdis Yachts, les yeux des secrétaires ne sont plus vides mais écarquillés, je demande Monsieur Valikis, il surgit, comme tout à l'heure, de sa haie de classeurs, vient à notre rencontre.

— L'Astraldo est-il encore libre?

— Fou, voyons, ça suffit, tu es malade?

— Je vais très bien, au contraire. Monsieur Valikis, l'Astraldo est-il encore libre?

— Oui, souffle une secrétaire, huit jours encore.

— Vous voulez repartir? dit Monsieur Valikis, hilare, et ses yeux sont comme des petits trous derrière les lunettes-hublots. Malgré le capitaine et la douche?

— Tout à l'heure? dis-je.

— Si vous voulez. Le temps de le nettoyer un peu. Tout à l'heure, okay.

Tout s'accomplit à une vitesse record. Je signe un nouveau contrat, un chèque. Mille cent cinquante-cinq dollars. Mon cadeau vaut plus cher que le cadeau de Clara. Elle ne sait plus très bien si elle doit rire, pleurer, se taire, protester une dernière fois. Elle rédige un télégramme pour le journal : Retour retardé de huit jours. Lettre suit. Compte sur vous. Affections, Clara. Une secrétaire va se charger de l'envoyer. Hop, les bagages, nous sortons, nous traversons la rue sans nous occuper de la circulation, une voiture freine sec, le conducteur nous insulte, nous trottons vers l'Astraldo, Clara trotte, elle ressemble à un cheval que l'on promène en longe, elle ne dit rien. Sur l'Astraldo c'est la stupeur, Petro redoutait un blâme de son employeur, il récupère ses clients, il n'en revient pas et Iannis s'empare des bagages, descend dans les cabines, il est devenu rapide lui aussi, la contagion, sans doute.

— Jill maintenant, dis-je.

Dès que notre taxi s'arrête devant l'embarcadère, elle nous aperçoit. Elle ne bouge pas. Elle
attend que je vienne à elle, que je lui donne une
explication. Ses yeux sont un peu élargis mais elle
ne bouge pas, je ne donnerai aucune explication.

— Viens, dis-je, changement de programme,
on repart sur l'Astraldo. Huit jours. Et Clara vient
avec nous, c'est plus gentil.

Je détache le sac kaki de son épaule, qu'il est
léger, elle me suit, passive, naturelle, pas troublée,
pas inquiète. Dans le taxi, j'ai envie de lui demander où elle a mis les mille dollars. Sont-ils cachés
sous ses T-shirts blancs, symboles trompeurs de
son innocence? Où comptait-elle aller avec cet
argent? Est-ce sa grand-mère, la voyageuse, celle
qui conduisait la voiture de Bonnie et Clyde, qui
lui a enseigné à se faire payer pour une invitation?
Elle exerçait ce genre de commerce, la grand-mère
Belle? Et son père, son merveilleux père, il en profite des dollars qu'elle gagne de cette façon? Il est
satisfait d'avoir une call-girl (c'est bien ainsi que
ça s'appelle?) pour fille?

— Où va-t-on? demande Jill.

— Où tu veux.

— A Mykonos, j'aimerais bien Mykonos.

— D'accord pour Mykonos, ça te va, Clara?

— Oh moi, tu sais.

Clara a retrouvé ses esprits. Elle paraît moins misérable, moins fripée, seulement fourbue. Comme si elle avait passé la nuit précédente sans dormir, debout, dans un train. Je les laisse s'installer sur l'Astraldo tandis que Iannis fait le ménage. J'avertis Petro que nous partirons pour Mykonos demain matin à l'aube, nous passerons la nuit au Pirée, je vais faire quelques courses, acheter des boissons, de la nourriture. Que Clara prévienne Jean-Loup, elle connaît le numéro de téléphone de ses amis à Plakha. J'agis comme un automate, non, plutôt comme un soldat, au pas de charge, je manque peut-être de violence, pas de célérité. Je reviens à l'Astraldo, la nuit est tombée. Il y a des lumières partout dans le port des bateaux de plaisance, nous sommes cernés par des yachts, des cabin-cruisers, des caïques. Sur le pont, c'est de nouveau l'atmosphère du voyage. A la lueur d'une lampe-tempête, Clara lit (son livre sur la Relaxation) et Jill rêve, elle a dû retrouver son abricot ou son fenouil. Sa quiétude, que j'admirais tant, n'est que de l'indifférence, elle va à Mykonos au lieu de retourner à Sérifos, une île vaut l'autre pour cette espèce de hibou, tous les plaisirs lui conviennent, j'aurais dû m'en douter, mais ses cheveux roses sur sa joue, ses bras de petite fille le long de son corps, ça fait mal quand même. Clara abandonne sa Relaxation pour moi, m'enveloppe d'un regard mi-tendre, mi-confus. La lampe-tempête lui sied au visage, elle a retrouvé son apparence lisse, lustrée. Après tout, qu'a-t-elle fait de si abominable? Je vais boire l'ouzo, l'alcool et l'eau glacée ça m'apaise toujours, un moment je suivrai l'exemple de Jill, je me concentrerai sur une fleur que j'aime, l'églantine-de-mer, par exemple, ou la fumée-de-fée. Puis nous irons dîner dans un restaurant, plus loin, au bord de l'eau, ça sentira mauvais, l'eau croupie et l'essence, notre table sera coiffée d'un parasol. Très agréable un parasol, même la nuit, plus intime. Nous mangerons du poisson, des barbounias, je penserai aux quahaugs du Skipper, nous boirons du retzina, on parlera très peu pendant le dîner, de choses qui n'ont aucune importance, notre trio semblera serein, on se dira bonsoir gentiment, je répéterai à Petro que nous partons à l'aube, avant, si possible, il lèvera l'ancre sans nous réveiller.

Nous réveiller? A l'aube, moi je ne serai plus sur l'Astraldo, j'aurai laissé Clara et son cadeau au beau milieu de leur sommeil, l'une sur son mur de coussins en liberty, la seconde dans le désordre de ses cheveux. Une fois de plus, j'aurai pris la fuite sans prévenir. Je serai dans l'avion de Paris, Clara n'a pas pensé à décommander nos places de retour. Elles iront à Mykonos sans moi. Moi, j'irai à Nantucket, on n'a qu'une amérique dans sa vie.

Onesse — Nantucket — Onesse
Mai 1975 — Mars 1977

CET OUVRAGE A ÉTÉ ACHEVÉ
D'IMPRIMER LE 3 MAI 1977
PAR FIRMIN - DIDOT S.A.
PARIS - MESNIL

Dépôt légal : 2ᵉ trimestre 1977
Nº d'édition : 4635
Nº d'impression : 0563

ISBN 2 246 00484 5 broché
     2 246 00485 3 luxe
     2 246 00486 1 relié

Le Voyage à l'envers

Quelque part sur la mer Egée, voici u[n] « homme qui flotte ». Non que Foulques, surnommé Fou par ses amis, soit cramponn[é] à une épave : en compagnie de Clara, direc trice d'un grand journal de mode, et d'u[n] garçon platiné qu'elle a invité pour fair[e] nombre, il passe des vacances luxueuses e[t] sans histoire sur un yacht de location. Mai[s] il n'en est pas moins un naufragé à sa ma nière, mal dans sa peau de quadragénaire noyé dans un rêve d'évasion.

Il suffira d'une rencontre à Epidaure pou[r] que Fou retrouve soudain l'impression d[e] respirer comme autrefois. T-shirt, blue-jean et cheveux « blond fraise » — ainsi dit-o[n] chez elle — Jill lui apporte une bouffé[e] d'Amérique qui a pour lui le parfum d'un[e] passion toujours vivante. Avec Jill resurgi[t] l'image d'Alison, une autre blonde qui fut l[e] premier, le seul grand amour d'un jeune Fo[u] de vingt ans, dans l'île de Nantucket, chèr[e] à Melville, où il a vécu avec elle le plus be[l] été de son existence, et le début d'un lon[g] roman jamais achevé.

Rajeuni par le cadeau de cette passagèr[e] inespérée, Fou entreprend un « voyage [à] l'envers » de son âge, comme si Alison e[t] Jill, comme si les Amériques pouvaient s[e] succéder au point de se confondre, quand on le veut.

Au travers de ce livre où la tendresse grince, où l'amour écorche, la romancière de *Boy* et du *Petit Matin* traite un sujet grave, qu'elle a sournoisement déguisé de frivolité. Avec la précision imparable d'un écrivain sûr de soi, elle vous surprend au détour d'une page, elle vous saisit, et ne vous lâchera plus. Le talent ? Mieux que cela : un cœur qui bat si juste, si vrai qu'on prend son rythme jus qu'au bout, sans même y penser.